二見サラ文庫

暁町三丁目、しのびパーラーで
見習い草とお屋敷の秘密

椹野道流

Illustration

鏑家エンタ

C O N T E N T S

兎目《とめ》

秋月と山蔭に拾われた、
本名も素性も明かそうとしない少年。
泣き腫らした目が兎のようだった
ため、秋月に兎目と名づけられる。

秋月《あきづき》

接客係兼久佐家の間諜。奔放な性格で
歌舞伎の女形のような美形。

山蔭《やまかげ》

料理人兼久佐家の間諜。
大柄で真面目。
厨房を一人で回す体力の持ち主。

須賀原周良《すがわらちから》

店のオーナーで子爵家の三男。
「若様」と呼ばれている。

これまでのあらすじ

洋食店「しのびパーラー」は料理人の山蔭、
接客担当の秋月が営む洋食店。
オーナーは須賀原子爵家三男の周良。
しかし彼らには隠れた顔があった。秋月と山蔭が養子となった
久佐家は戦国時代から藩主須賀原一族の間諜を務めており、
二人は昭和の時代になってなお、周良の命を受け
「しのび」として隠密活動を行っていたのだ。
そこへやってきたのがお腹をすかせた少年——兎目。
良家の子息を思わせる教養と物腰、そしてタフさで、
兎目は店の、ひいては彼らの戦力となっていく。

洋食店
しのびパーラー

瀟洒な戸建ての洋館を使ったレストラン。開店当初は「パーラー」の名の通り、ソーダやアイスクリームを出していたが、客の要望で食事を提供するようになった。「しのび」は隠れ家のように客がくつろげるように、というのが表向きの設定。

1

いつから、目覚めた瞬間、ここはどこだと訝《いぶか》しく思わなくなったのだろう。

いつから、この小さな屋根裏部屋を、「自分の部屋」だと感じられるようになったのだろう。

開け放ったままの小さな窓から差し込む朝の光が、天然の目覚まし時計の役割を果たして、毎朝、少年を起こしてくれる。

「ふわあ……今日も、暑くなりそうだな」

ガラス越しでも十分すぎる熱を感じる陽射《ひざ》しに、思わずそんな呟《つぶや》きが漏れた。

少年はベッドの上に身を起こし、うーんと両手を上げて、しかし斜めになった低い屋根に拳をぶつけないよう、実に中途半端な伸びをした。

九月に入ってからは、昼は猛暑が続いていても、夜には嘘《うそ》のように涼しくなり、気持ちよく熟睡できる。おかげで、目覚めは爽やかだ。

ベッドから出て最初にするのは、身支度を整えることである。

彼が今暮らすこの洋館はどこもかしこも立派だが、屋根裏部屋までは、さすがに水道が届いていない。

昔ながらの水差しと大きな琺瑯《ほうろう》引きの洗面器が、毎朝毎晩、大活躍している。使ったあとの水は、窓から庭に向かって撒《ま》いてしまえばいいので便利だ。

涼しいとはいえ、やはり少し寝汗を掻《か》いたので、少年は顔を洗った後、タオルを洗面器の水に浸し、全身をざっと拭いた。それから、まずは質素な作業着……着古した開襟シャツと膝に継ぎの当たったズボンを穿《は》いて、階下へ向かう。

もう、すっかり慣れっこの行動だ。

彼がここに来たのは半年前、今年の春先のことだった。

とある事情から、家族を失い、住む家を失い、素性すらみずから捨て去って、身一つで彷徨《ほうこう》して行き倒れ同然だった彼を拾ったのが、この瀟洒《しょうしゃ》な洋館で洋食屋を営む久佐《くさ》兄弟……兄の山蔭《やまかげ》と、弟の秋月《あきづき》だった。

兄弟といっても、二人に血の繋《つな》がりはない。共に幼い頃、久佐家に引き取られた孤児で、いわゆる義兄弟だ。顔立ちも体格も性格も正反対と言ってもいいほど違うので、その事実を知って、少年はむしろストンと腑《ふ》に落ちたほどだ。

二人は少年をこの洋館に連れ帰り、頑として身の上を明かさない彼を咎《とが》めもせず、「兎《と》目《め》」という新しい名前を与えてくれた。

以来、少年……兎目は、洋食屋「しのびパーラー」の住み込み店員として、ここで暮らし、働いている。

キイッ……。

最近、少し軋《きし》むようになった重厚な木製の扉を開き、店の厨房《ちゅうぼう》に入ると、そこにはいつもどおり、すでに仕事を始めている大男の姿があった。

この店の料理人、山蔭だ。

こぢんまりした店とはいえ、すべての料理をひとりで手がける彼の仕事量は半端なものではない。

できるだけ営業中の作業を簡略化し、客を待たせないようにと、山蔭はいつもこうして早朝から、料理の下ごしらえに励んでいるのだ。

「おはようございます、山蔭さん」

兎目が声をかけると、大きな寸胴鍋の中身を長い木べらで掻き混ぜていた山蔭は、大きな身体を軽くねじ曲げるように振り返り、「おう」と短い挨拶を返してきた。

口が重い彼だが、いかつい顔をほんの少しほころばせるだけで、不思議なほどの温かみを見る者に感じさせる。

最初は少し山蔭を怖いと感じていた兎目だが、その恐怖感は、今はすっかり信頼感に変わっている。

無口で無愛想だが、いつも落ちついていて思慮深い彼は、兎目のことを何くれとなく気にかけてくれている。兎目にとっては、頼もしい兄のような存在だ。

兎目はいつもどおり、朝食の茶粥《ちゃがゆ》を作るため、両手鍋に水を張り、火にかけた。

それから、飼い主の指示を待つ忠犬さながらの面持ちで、山蔭の顔を見上げる。

「何かお仕事はありますか?」

すると山蔭は少し考えて、首を横に振った。

「今はいい」

「じゃあ、今のうちに客席のほうをやりますね」

「頼む」

短い承諾の返事を聞いてから、兎目は客席に出た。

各テーブルには、昨夜、掃除をしたときに逆さにした椅子が上げたままになっている。

床にゴミや汚れが少しでも残っていないかチェックしてから、椅子を下ろしてきちんと配置し、綺麗《きれい》にテーブルを拭き上げ、パリッと糊《のり》の利いた真っ白なクロスをかけるのが、開店前の大切な仕事の一つだ。

そして毎朝、昨日の残りご飯を活用した茶粥が出来上がる頃、大あくびと共に登場するのが、もうひとりの同居人、秋月である。

長く艶《つや》やかな黒髪はもつれ、寝癖がついたままで、美しい細面も、軽く浮腫《むく》んでいる。

いつもの寝起き姿と違うのは、乱れた寝間着ではなく、それなりに上等なシャツとズボンを身につけているところだった。

ただし、服はすべてクシャクシャ、シャツの胸元にはべっとりと赤い口紅がついている。とても、洗濯で落とせるとは思えない汚されっぷりだ。

「おーはよう。相変わらず無駄に早起きだね、お前たち。身体《からだ》に悪いよ」

大きな伸びをしながら、眠そうな顔でそんな挨拶をする秋月を、兎目はポカンとして、山蔭は苦虫を噛《か》み潰《つぶ》したような表情で見た。

そんな二人に構わず、秋月はグラスに水を汲《く》み、立ったままごくごくと飲み干した。濡《ぬ》れた唇をシャツの袖で拭う仕草が、やけに艶《なま》めかしい。

「はあ、起き抜けの水は最高だね。夜に飲む酒に匹敵する旨《うま》さだよ」

そんな秋月に、山蔭は冷ややかに声をかけた。

「朝帰りとはいい身分だな。女の部屋に泊まりか」

秋月は、綺麗な撫《な》で肩《がた》を軽く竦《すく》めてみせる。それは言葉以上に明らかな、肯定の返事だった。

女の部屋と聞いて、兎目は目をまん丸にする。

なるほど、シャツの口紅は、秋月の馴染《なじ》みの女性がつけたものらしい。

「お前の私生活に口を出す気はないが……」

「じゃあ、出さないでおくれよ」

山蔭の小言を、秋月はぞんざいに遮る。だが山蔭は、少しも動じず先を続けた。

「若様から、緊急の『草』の務めが入ることもある。夜の居場所は、前もって明らかにしておいてもらわんと困るぞ」

「ほぼ明らかみたいなもんだろ。ここにいなきゃ、『草月楼《そうげつろう》』だよ。俺ぁ、そういうとこは身持ちが堅いんだぜ」

秋月もつっけんどんに言い返す。

「身持ちが堅いのはいいが……」

「なんだよ。玄人女《くろうとおんな》と割り切ったつきあいを楽しんでるほうが、若様もお前も安心だろ？　それとも、どこぞのご令嬢を誑《たぶら》かしたほうがいいってのかよ？　俺はまあ、そういう火遊びも嫌いじゃねえけど、たぶん、なかなかにややこしいことになるぜ？」

だんだん目が覚めてきたのか、いつもの皮肉っぽい口調で混ぜっ返し始めた秋月を、山蔭は険しい顔で窘《たしな》めた。

「おい。兎目の前でそういう話はよせ」

「なんでだよ。こいつだって、いくらガキでも何も知らないわけじゃねえだろが。なあ、兎目。十五といやあ、色気づくお年頃だろ？　そういう初心《うぶ》そうなツラしてる奴ほど、とっくに経験済みだったりするもんだぜ。どうなんだよ、なあ」

いきなり話の矛先を向けられ、兎目は思わず畳んだテーブルクロスで顔の下半分を覆ってしまう。わずかに見える頬は真っ赤になっていた。

「そ……そんなことは、ないですっ！」

「ホントかよ」

クスクスと人の悪い笑いかたをして、秋月はシャツの胸ポケットから煙草入れ《たばこ》を取り出す。それをさっと取り上げ、山蔭は秋月の頭を大きな手ではたいた。

「あだッ」

「朝っぱらから、いつまで色ボケしているつもりだ。そんな下品なことで、いつまでも子供をからかうんじゃない。さっさと顔を洗ってこい」

山蔭に大きな目でギョロリと睨《にら》まれ、秋月は「おお、こわ」と大袈裟《おおげさ》に怯《おび》えるふりをしながら、厨房から抜き足差し足で逃げ出していく。向かったのは、おそらく二階の自室だろう。

「すまんな」

山蔭に短く謝られ、カウンターに歩み寄った兎目は、まだうっすら赤い顔でかぶりを振った。

「いえ、山蔭さんに謝ってもらうようなことじゃないです。……あの、秋月さんがおっしゃってた『草月楼』っていうのは？」

「なんだ、興味があるのか？」

「いえ、ただその、どういう場所なのかなって。とても綺麗で雅やかな名前なので」

「雅やか、な。まあ、はっきり言やあ遊郭、つまり女郎宿だ。そこそこ上等の部類のな」

「……お女郎さんの……。じゃあ秋月さんは、お金で女の人を買ってるんですか？」

「いや」

躊躇《ためら》いがちに訊《たず》ねた兎目に、山蔭はあっさりかぶりを振った。兎目は、不思議そうに首を傾《かし》げる。

「だって、女郎宿で夜を明かすってことは」

「無論、金は渡すし、実際よろしくやっているようだが、そこは本質じゃない」

「本質じゃない？　というと？」

「協力者なんだ。『草』の仕事のな」

「協力者」

あまり日常生活で使うことのないその言葉を、兎目は口の中で呟いてみた。

山蔭の言う「草」というのは、「草の者」つまり、忍《しのび》や素破《すっぱ》、隠密といった言葉でも世に知られている「忍者」のことだ。

山蔭と秋月が養子に迎えられた久佐家は、主君であった須賀原《すがわら》家のために、戦国時代から延々と間諜活動に従事してきた家柄だった。

現在では、須賀原家の三男坊で貿易会社を経営する周良の腹心《ちから》として、昼間は洋食屋の店員、夜は……忍者というよりは、むしろスパイとして働いている。

山蔭には、兎目を裏稼業に引き込むつもりは毛頭なかったようだが、ひょんなことから二人の裏の顔を知ってしまった兎目は、せめてもの恩返しに、「見習いの草」になりたいと願っている。

しかし、大いに乗り気な秋月に対して、山蔭は、兎目には安全だと確信できることだけ手伝わせ、危険な任務にはかかわらせまいとしているようだ。

それをいささか不満、いや寂しく思いつつも、恩義ある山蔭に強く出るわけにもいかず、兎目は表であれ裏であれ、与えられた仕事を一生懸命こなす日々を過ごしている。

「協力者ってことは、そのお女郎さんも、草のお仕事を？」

山蔭は、茶粥に添える漬け物を切りながら、ぶっきらぼうに答えた。

「そういうわけじゃない。この場合の協力者というのは、情報屋だ。女郎は色んな男とかかわりを持つ。特に『草月楼』のように筋のいい女郎屋には、上流階級の顧客がついているんだ」

兎目は、ああ、と手を打った。

「つまり、山蔭さんや秋月さんが調査対象としている人たちが、『草月楼』に出入りしていたら……お女郎さんたちから、その人たちについての噂《うわさ》を聞けるってことですか」

「そういうことだ。だが、世が世なら花魁《おいらん》と呼ばれていた女たちは、情けが深く、同時に気位が高い。金だけでは、顧客の情報を流したりはせん。秋月はああだからな。玄人筋の女たちに滅法もてるんだ」

「でしょうね。秋月さん、お洒落《しゃれ》だし、綺麗だし」

む、とやや渋い顔で同意ともなんともつかない返事をして、山蔭は沢庵《たくあん》の尻尾《しっぽ》を自分の口に放り込んだ。

「そんなわけで、あいつが抱える協力者は、心底あいつに惚《ほ》れ込《こ》んでいる。だからこそ、あいつが一晩泊まっていく見返りに……つまり、寝物語の体《てい》で、情報を流してくれるというわけだ」

「なるほど！　大人って凄《すご》いなあ」

大真面目な顔でこくこくと頷《うなず》く兎目を見て、山蔭は気まずそうに咳払《せきばら》いした。

「いや、朝からする話ではなかったな。それに、そろそろ粥が煮えるぞ」

「あっ！　そうだった。すみません、テーブルの支度を大急ぎでやってしまいます！」

兎目はバタバタとテーブルのほうへと駆け戻る。

山蔭は、余計なことを言ってしまったと悔やむように一つ嘆息すると、茶粥を盛りつけるための大ぶりの塗り椀《わん》を、食器棚の片隅から取り出した……。

洋食屋の朝食といえば、まかないといえども、パンと紅茶、フルーツなどを想像してしまいそうだが、「しのびパーラー」では、昨日の残りの白飯で炊いた茶粥と漬け物、それに今の時期は熱い深煎《ふかい》りの麦湯、つまり麦茶と決まっている。

その質素な朝食を、厨房に出した小さなテーブルに並べ、三人で一緒に食べるのが常だ。

山蔭いわく、毎朝同じものを食べることで、その日の自分の舌の具合がよくわかるらしい。

兎目には毎朝の粥の微細な味の違いは感じられないが、それでも、ここに来て初めて食べるようになった茶粥という食べ物は、なかなか滋味深く、不思議と飽きが来ないのがいいところだと思っている。

何につけても文句が多い秋月も、この朝食は気に入っているらしく、「酒をちょいと過ごした翌朝には最高だよね」などと嘯《うそぶ》きながら、兎目の鼻先にからっぽになった椀を突き出した。

「お代わりですね」

兎目が立ち上がると、山蔭はジロリと秋月を睨んだ。

「それくらい、自分でやれ」

だが、こざっぱりした作業用のシャツとズボンに着替えた秋月は、テーブルに頬杖《ほおづえ》をつき、小馬鹿にしたような口調で言い返した。

「何言ってんの。こういうのはさ、誰かがよそってくれるからなお旨くなるんだよ。ねえ、兎目。お前もそう思うだろ？」

「そう、ですね」

鍋の蓋を開け、茶粥を椀によそいながら、兎目は控えめに同意する。だがその目は、茶粥からまだもうもうと上がっている湯気に向けられていた。

（去年の今頃は、お母様が「お代わりは？」って訊《き》いてくれていた。「あなたは食が細いんだから、努めてたくさん食べなくては駄目よ」って……）

かつて、湯気の向こうに見ていた母親の優しい笑顔を思い出し、兎目は思わずギュッと目をつぶった。

油断すると、どっと涙が溢《あふ》れてしまいそうだったからだ。

ただならぬ気配を感じた山蔭に、「どうした？」と訝しそうに声をかけられ、兎目は慌ててかぶりを振り、向こうを向いて、シャツの袖で涙を拭った。

「あ、いえ。あの、このくらいでいいかなって」

慌てて取り繕ったその声は、明らかに涙で湿っている。だが、山蔭は太い眉根をわずかにひそめただけで、それ以上、追及しようとはしなかった。

秋月も、特に何も気にしていない様子で、「ちょっと多いけど、ま、許す」と鷹揚《おうよう》に椀を受け取り、鮮やかな緑色の胡瓜《きゆうり》のぬか漬けを二切れ、茶色がかった粥の上に載せた。

「兎目、お前もお代わりしな。もうちょっと背を伸ばしたいだろ？」

「伸ばしたいですけど、食べたってもう伸びませんよ、たぶん」

「わかんねえぞ。山蔭なんて、ヒゲが生え始めてからもまだ未練たらしく、すくすくでっかくなってたんだから」

「未練たらしくとはなんだ！」

「未練だろ。俺なんて、ほどよきところですっぱりきっぱり潔く、成長が止まったってのに。お前はたくさん食えばもっと伸びるよ、兎目。そうだなあ……まあ、一寸三分くらいは」

五センチを表す数値を提示する秋月に、兎目ははにかんだ笑みで、首を横に振った。

「無理ですってば。それに、もうお腹いっぱいです。これ以上食べたら、それこそ横に大きくなってしまいます」

「少しくらいは、それでもいいと思うけどねえ。お前、やせっぽちだし」

「チビでやせっぽちのほうが、小回りが利いて、お二人の役に立てそうです」

秋月の言葉にサラリと言い返し、兎目は空いた食器を持って席を立った。

流しで食器を洗って水切りかごに置くと、兎目は勝手口のすぐ傍《そば》にある物置から、ほうきとちりとりを出した。

「じゃあ僕、外の掃除をしてきますね」

毎朝のことなので、そう言って軽やかに出ていこうとした少年を、山蔭は呼び止めた。

「なんですか、山蔭さん」

「忘れないように言っておこうと思ってな。今日は、この前届いた新しい制服を着ろ」

山蔭にそう言われて、兎目はちょっと驚いた顔をした。

「今日ですか？　次の大安の日に下ろそうと思っていたんですけど」

「若いのに験担《げんかつ》ぎか。だが、今日にしろ。若様が午後にお見えになる。新しい服の出来映えを、その目でご覧になりたいそうだ」

それを聞いて、兎目はすぐに納得顔で頷いた。

「わかりました。じゃ、行ってきます」

勝手口から兎目が出ていってすぐ、秋月は粥の椀を手に、世間話のような口調で切り出した。

「なあ、山蔭。見たかい、兎目のさっきの顔」

「なんだ、やはり、わざとあんな質問をしたのか、お前は」

「まあね。追及しないって約束はしたけど、やっぱ気になるじゃないか、兎目の素性。若様から、調べるように言われてるしね」

山蔭は、不愉快そうに腕組みした。

「若様に命じられたのは、お前だ。俺は、あいつとの約束を違《たが》える気はないぞ」

「なんだよ、それ。ホントは興味あんだろ？　あいつがどこの誰で、いったい何があって、今の状態になってんのか」

からかい口調でそう言われ、山蔭のただでさえいかつい顔つきが、ますます険しくなっていく。

「それはそうだが。お前、まさか本当に調べているのか、兎目のことを？」

山蔭に咎めるように問われ、秋月は不満げに肩を揺すった。

「そりゃまあ、主君の命令は、兎目との約束より重いだろ？　違うかい？」

「理屈はそうだ。しかし」

「とはいえ、俺も気は進まないよ。だって、素性を隠す理由はどうあれ、あいつ、健気《けなげ》なんだもの。寂しそうな、泣き出しそうに悲しそうな顔を時々するくせに、すぐ傍にこんなに頼りになる俺たちがいるってのに、何も明かさず、全部ひとりで抱え込んでさ。よほどの事情があるんだろうよ」

「うむ」

「その頑張りを踏みにじりたくはないよ、俺だってね。だけど、こっちが事情を知ってさえいりゃ、何かのときに助けてやれることもあるかもしれねえだろ？　俺があいつの素性を調べようと思うのは、若様の命令以前に、そういうこと」

山蔭は、ほんの少し愁眉を開く。

「そういう魂胆なら、まあ、わからんでもない。俺も、あいつの力になってやりたいと思う。で、何かわかったのか？」

「まあ、心当たりがちっとね。けど、まだだ。確信が持てたら、若様に話す前に、お前に言うよ」

「そうしてくれ」

「なんだよ、お前も興味あるんじゃねえの、結局」

フフッと笑うと、粥の最後の一口を胡瓜のぬか漬けで綺麗に拭い取って口に入れ、満足げな溜《た》め息《いき》をついてから、自分の肩口に鼻を寄せた。

「んー、どうも、移り香が気になるな。山蔭、俺はいっちょ風呂に入ってくるよ。接客するのに他の女の香りがしたんじゃ、俺目当てのマダムたちが興ざめだ」

そう言って立ち上がった秋月を呆《あき》れ顔で見上げつつ、山蔭は「好きにしろ」と、渋い顔で最後まで残っていたぬか漬けの一切れを口に放り込んだ。

洋食屋「しのびパーラー」の開店は、きっかり午前十一時三十分だ。

固く閉ざされていた鉄製の門扉を兎目が開き、外で待ち構えていた客たちを出迎える。

客たちは、通路の両脇に植えられた季節の花々を楽しみつつ、美しい洋館の中へと歩を進めるという寸法だ。

以前は出迎えは秋月の仕事だったらしいが、「だって、中で出迎える人間に華があったほうがいいだろ?」という彼の言に従い、今は兎目の役目になっている。

今日は、店の前に横付けになっていた自動車から、若い女性二人が出てきた。

店に入り、テーブルに着くやいなや、彼女たちは扇子を出して、自分をパタパタと扇《あお》ぎ始める。

まだ残暑が厳しい折、たとえ涼しげな洋装でも、めかし込んだ彼女たちにとっては、不快な気温なのだろう。

「兎目、注文を伺う前に、これを」

秋月が銀色のトレイに載せたのは、氷水のグラスだった。それだけでも暑さに喘《あえ》ぐ彼女たちには何よりのもてなしだろうが、駄目押しのようにレモンの薄切りが一枚さりげなく添えられ、爽やかさを増している。

「おっと、仕上げに」

そう言いながら、秋月がさらに何かをグラスの氷のてっぺんに載せた。青々した小さな葉が一枚。

初めて見る葉に、兎目は目をパチパチさせた。

「なんですか、これ」

「薄荷《はっか》の葉だよ。日本のじゃなく、オランダの薄荷。庭で育ててるだろ?」

「ああ、あれ。あれは、薄荷なんですか？　香りがしないから、知りませんでした」

「そのままじゃ香らない。こうしないとね。日本の薄荷と違って、香りが甘くて優しいんだ。ほら」

秋月は嫋《あで》やかな手で葉を一枚ちぎると、指先でクシャクシャと擦《こす》り、それを兎目の鼻先に差し出した。

自分からも顔を寄せ、くんくんと嗅いだ兎目は、ニッコリした。

「本当ですね。僕の知ってる薄荷より、柔らかな香りがします」

「そうだろ？　それでいてスッキリ爽やかだ。レモンと相性がいい。……マダムたちに、そう説明して差し上げろ」

「は、はいっ。頑張ってきます」

兎目は緊張の面持ちで、トレイを両手で持ち、客席へと向かう。

そのしゃちほこばった背中を見送り、秋月はフフッと笑い、「まだ初々しいねえ」と山藤を見た。

やがて、やはり強張《こわば》った顔のまま戻ってきた兎目に、秋月は「ごくろうさん」と言ってから、問わずもがなの質問を口にした。

「どうだよ、そろそろ接客にも慣れたか？」

秋月に問われ、兎目は自信なさげに首を横に振った。

「そう？　お前、言葉使いも態度も丁寧だから、こっちとしちゃ特に不安なく見ていられるけどね。客から苦情が来たことなんて、一度もねえし」

秋月に褒められても、兎目の表情は晴れない。彼は銀色のトレイを几帳面《きちょうめん》に拭きながら、小さな声で告白した。

「僕は不安です。できるだけ丁寧にはしようと努力していますけど、僕、人見知りなので、どうしてもお客様に接するとき、緊張してしまうんです」

「あー、そりゃいけねえなあ」

秋月は美しい姿勢を保って立ったまま、ニヤリとした。兎目は小さな肩をさらにすぼめる。

「お前の緊張は、客にも移る。そうガッチガチの応対をしてると、客の肩が凝っちまうぞ」

「うう……はい」

「なあ、楽しめよ、兎目」

意外な言葉に、兎目は秋月の美しい顔を見上げる。

「楽しむ？　お仕事なのに、ですか？」

「仕事だからこそ、だよ。俺たちが楽しんでりゃ、客も楽しい」

「いえ、まだ」

いる。


「そういう、ものでしょうか？」

「そういうものだよ。おっ、お嬢さんたち、どうも注文に悩んでる感じだな」

秋月は客席をさりげなく見やって兎目に耳打ちした。

確かに、若い女性二人は、メニューを覗《のぞ》き込み、何やら話し合っては盛んに首を捻《ひね》っている。

「お眼鏡《めがね》にかなう料理がないんでしょうか。お席に伺ったほうがいいかも。でも、僕じゃ相談相手ができそうにありません」

兎目が正直にそう言って尻込みすると、秋月は片目をつぶってみせた。

「じゃ、一緒についてきて、後ろで黙って聞いてろよ。楽しい接客ってやつを、いっちょ見せてやろう」

そう言うなり、秋月は軽やかな足取りでテーブルのほうへ向かう。兎目は慌てて、そんな先輩の後を追った。

テーブルの前に立った秋月は、上体をほんの軽く女性たちのほうへ傾け、艶やかな笑顔で問いかけた。

「ようこそお越しくださいました。ご注文はお決まりでしょうか、お嬢様がた」

端麗な顔立ちの秋月に恭しく呼びかけられ、まだ三十歳にはなっていないであろう女性二人は、ちょっと嬉《うれ》しそうに目配せし合う。

平日の昼間に、こんなふうに着飾って外食を楽しめるからには、おそらく良家の子女か奥様たちなのだろう。それぞれ、纏《まと》っているワンピースも、一見シンプルなデザインながら、露出はごく控えめであり、体型にあまり添いすぎないのにシルエットが美しく見える。厳選された上質な生地を、優れたデザインと縫製技術で仕立てた証拠だ。

短めの髪には綺麗にパーマネントをかけて、まさに絵に描いたような富裕層のスタイルである。

二人の女性のうち、どちらかといえば勝ち気そうな顔つきのほうが、秋月の顔を見上げ、ニッコリ笑って問いかけてきた。

「こんなメニューをいちいち読むのは、あまりにも退屈だわ。お勧めは何かしら？　私たちが美味《おい》しくいただけるものが、店構えは素敵だけれど歴史が浅そうなこのお店にはあるかしらね。私たち、銀座《ぎんざ》の資生堂《しせいどう》パーラーが贔屓《ひいき》なのよ」

かなり挑戦的な物言いをされても、秋月の笑顔は少しも崩れない。それどころか、彼は自信たっぷりに笑みを深くして、二人の手から優しくメニューを取り上げつつこう言った。

「そうでございますねえ。確かに、舌の肥えたお嬢様がたには、このメニューはふさわしくございません。失礼をいたしました」

そう言って、秋月はメニューを傍らに控える兎目の胸元に押しつけた。兎目は戸惑いながらも、両手でメニューを抱え、女性たちと秋月をじっと見守る。

秋月は、まるで役者が口上を述べるような堂々たる態度でこう言った。

「本日は、そうした特別のお客様がたのため、イトヨリのいいのを少しだけ仕入れております。美味しいバタをふんだんに使ってムニエールにしたものなど、繊細なお味がお好みのお嬢様がたにはピッタリかと」

「あら、この店に来たのは初めてよ？　どうして私たちの好みがわかるのかしら」

訝しげな女性に、秋月はニッコリして小首を傾げる。

「こういう仕事をしておりますと、お客様のお顔を拝見しただけで、お好みの料理はたいていわかるようになるものです。麗しいお二かたが、当店の料理を召し上がって、そのお美しさにますます磨きをかけられますよう……そうでございますね、つけ合わせにはレモンにパセリ、甘煮にした人参に、ほうれん草のソテーなどを。いずれも美容にたいへんようございます」

「まあ、素敵」

もうひとりの内気そうな女性が、独り言のようにそう言って、秋月の顔をうっとりと見上げる。

料理の提案も、秋月の美貌も、彼女たちの心をガッチリ摑《つか》んだようだ。駄目押しとばかりに、秋月はこう続けた。

「その場合、前菜には是非、滋養強壮に効果抜群のお肉を……そうですね、コールドタンを細く切ってたっぷりちりばめたサラドなどは如何《いかが》でしょう。まだお暑うございますから、お食事を爽やかに始めていただきとうございます」

するとと、勝ち気な女性のほうは、満足げに頷いた。

「いいわ、すべてあなたにお任せします。今日は夜にお招きをいただいているので、パンやご飯は結構。代わりに、軽やかなスープを少しと、葡萄酒《ぶどうしゅ》を一杯ずつお願い。こっくりした、少し甘いのがいいわ」

「かしこまりました。スープは、ホタテ貝の澄んだスープをご用意いたしましょう」

満足げな婦人に恭しく一礼して、秋月は兎目を引き連れ、カウンターに戻ってくる。

「聞いてたろ。まずはコールドタンのサラド、次にホタテ貝の清澄スープ、それからイトヨリのムニエール」

「かしこまりました」

秋月にではなく、客に対しての恭しい返事をして、山蔭はチラと兎目を見る。

「か……かしこまり、ましたっ」

こちらは客ではなく山蔭に了解の意を伝え、兎目は山蔭の手伝いをすべく、厨房へ行こうとする。

だが、その首根っこをちょいと捕まえ、秋月は得意げに囁《ささや》いた。

「ちょい待ち。まだ感想を聞いてない。どうだった？」

兎目は山蔭の軽く咎めるような視線を感じながらも、正直に答えた。

「素晴らしかったです。確かに、秋月さんはお客様と話すことをとても楽しんでいるのがわかりました」

「だろ？　お客様にも、俺の楽しさが伝染していったろ？　そういうことだ」

「はい。それに、咄嗟《とっさ》にお料理を提案できるのが凄いですし、美容にいいとか、軽やかとか、爽やかとか、味以外にも、食感や、食材、あとお酒の知識も大事なんですね。僕にはまだ、そういうのは勉強不足で無理……」

「ばーか、最初からなんでもできるとは思ってねえよ。少しずつ、勉強すりゃいいんだ。お前にわからせたかったのは、客が来てくれて嬉しい、一生懸命もてなしたいって気持ちを、ハッキリ態度で示せってことだよ。わかったか？」

「……難しいですけど、はい。頑張ってみます」

兎目がそう言うのを待ちかねていたように、店の扉が開き、年配の男性客が入ってくる。

秋月は、兎目の背中をポンと押した。

「ほら、行ってこいよ。何ごとも練習だ。注文伺いまで、お前がやってみろ。今できる精いっぱいでもてなしゃいいんだからな」

「は……はいっ。いらっしゃいませ！　こちらのテーブルへどうぞ」

兎目はドギマギしながらも、秋月から教わった接客術をさっそく実践すべく、ぎこちないが笑顔を作り、礼儀正しく客を迎える。

「お前は手伝いなんかなくったって、ひとりで回せるんだろ？」

カウンター越しに小声でそう言われ、山蔭はムスッとした顔で、それでも頷く。

「ああ。どうも今日の兎目は、接客修業のほうに気が向いているようだ。せいぜい、お前が鍛えてやれ」

「鍛えなくても、自分で育つさ。というか、あいつの品のよさは、生まれ持ったもんだ。俺みたいなつけ焼き刃じゃねえ。本物だよ。見ろよ、椅子を引いて座らせてやっただけで、客の兎目を見る目は、孫に向けるみたいに優しいぜ。あいつ、生まれながらの人たらしかもな」

秋月は、新しい客のためにもレモン入りの氷水を用意しながら、山蔭にしか聞こえない低い声で囁いた。

「不思議な奴だ」

山蔭は、男性客相手に一生懸命メニューの説明をしている兎目の姿をチラと見て、ボソリと呟く。

「ホントにね。おっと、ご婦人がたのための葡萄酒を用意しなくちゃな。可愛《かわい》い女の子にピッタリの、あまーい葡萄酒と来たもんだ」

面白そうにウキウキした口調でそう言うと、秋月は軽やかに赤ワインのボトルを取り上げた……。

山蔭と秋月の今の主君、すなわち須賀原家の三男坊、周良が現れたのは、昼の営業時間が終わってしばらくした午後三時過ぎだった。

山蔭は夜に向けての仕込み、兎目と秋月は、テーブルの片づけや洗い物で大わらわな時間帯だ。

「やあ、色々な料理の匂いが混ざった、幸せな残り香がするね。今日も繁盛していたようで実に結構。せいぜい僕のポケットを膨らませておくれよ」

そんな、聞く者の神経をいささか逆撫でする挨拶と共に、扉を勢いよく開けて入ってきた彼の背後には、恭しく頭を下げて主《あるじ》を見送る運転手の姿がチラと見えた。いつもどおり、イギリス製の自家用車で乗りつけてきたのだろう。

「こんにちは、若様」

山蔭と秋月がニコリともしないどころか挨拶の一つもしようとしないので、兎目はやむなく三人を代表する形で、周良の前に歩み出て頭を下げた。

子供時代からの顔馴染みだけあって、腹心二人の不遜《ふそん》かつ素っ気ない態度には慣れっこなのだろう、周良は鷹揚に「うむ、こんにちは。君はお行儀がよくて感心だね、兎君《うさぎ》」と言って、洒落た中折れ帽を脱ぎ、ステッキと一緒に兎目に差し出した。

そして、案内されてもいないのに、窓際の、風通しがよくて気持ちのいいテーブルにさっさと着いた彼は、ゆったりと椅子にかけ、メニューを広げた。

いかにもいやいやといった様子でレモン入りの氷水を運んできた秋月は、そんな主君の行動に、本気で嫌そうに美しい顔をしかめた。

「まさか、若様。何か召し上がるおつもりで？　昼の営業はもう終わったんですがね」

さっき女性たちに相対していたときとは大違いの、無礼を煮しめたような秋月の態度にも、周良の上機嫌な笑顔は少しも崩れない。

「無論だよ。店の味が落ちていないか確かめるのは、オーナーの務めだろう？　で、今日の昼は、お客様がたに何をお勧めしたのかね？」

いかにもしぶしぶといった様子で、秋月はぶっきらぼうに答える。

「上客にはイトヨリ、初見の客には名刺代わりに、シチュウドビーフかシチュウドタンをお勧めいたしましたよ。ちなみに、昼の一番人気は、相も変わらずカレーライス」

「ああ、カレーライス！　先日、肉の種類をわたしの提言でチキンにしたのが、功を奏しているのだろう？　うむうむ、人気が出るのも当然だ。兎君、食したことはあるかい？」

気さくに問われ、テーブルの脇に畏《かしこ》まった兎目は、曖昧に首を振った。

「あの、作るお手伝いをするとき、山藤さんがいつも味見をさせてくださいます。その、ポークカレーやビーフカレーより優しい味で、とても美味しいです」

「そうだろうとも、そうだろうとも。山蔭が使っていたユスラウメのジャムもよかったが、それ以上に、我が社が英国から取り寄せた甘いチャトネが、カレーの最高の隠し味になるのだよ。個人的に、チキンとは最高の相性だと思うね」

兎目の返事に、周良は満足げに頷き、「ではチキンカレーを貰《もら》おうか」とさも当然のように注文した。

須賀原家の当主と跡継ぎの長男は、共に逓信省《ていしん》の要職にある。

そして三男の周良は、様々な国と取引をする貿易会社を経営する次男の片腕として働いている。この店の調度品や食器、そして外国産の食材の多くは、オーナーの周良が調達してきたものだ。

現在の須賀原家は、政府から、警察や軍には任せられない内密の調査を請け負っており、三人の息子たちは、それぞれの仕事を通じて得た人脈や情報を活用し、父親をサポートしている。

特に、久佐家の兄弟を父から貰い受けた形の周良は、その分より多くの厄介ごとを押しつけられる傾向があるようだ。

今日も、わざわざ店の経営ぶりを監督しに来たわけではなく、そうした「任務」の話があるのだろうが、まずは腹ごしらえという心づもりなのだろうか。

「はーい、あちらのオーナー様からチキンカレーのご注文をいただきましたぁ」

カウンターへ戻った秋月は、厨房へ向かってヤケクソの勢いで声を張り上げる。

「……かしこまりました」

山蔭もいつも以上にムスッとした顔で、平たい大皿に、通常の七割程度の白飯を薄く盛りつけた。

父からこの洋館を譲り受けるなり、みずから洋食屋の経営に乗り出すくらいなので、周良は食い道楽ではあるが、決して大食漢ではない。

「腹をいっぱいにすると、頭が動かなくなる。消化に要する時間、ずっと阿呆《あほう》でいるというのは恐ろしいことだと思わないかね？」

それが、周良の口癖だ。

のほほんとした良家の三男坊として振る舞いつつ、裏では辣腕《らつわん》を振るう。そんな、ある意味「草」の二人より見事に世の中を欺いているのが、周良という人物であるらしい。

テーブルを離れて厨房へ手伝いに行きたいが、周良をひとりにするのも……と逡巡《しゅんじゅん》する兎目に気づいた周良は、丸眼鏡の奥の細い目を三日月形にした。

「おや、兎君、そのチョッキは」

兎目は慌てて、チョッキの裾を伸ばす。

「は、はい！　新しく仕立てていただいたものです。ありがとうございます！　今日、下ろしました」

「ふむ。やはりわたしの目は確かだった。今回のほうがいい。最初のも悪くはなかったが、裾がほんの少し短いと思ったんだ。よし、今回のものをもう一着作らせよう」

周良は、兎目の頭のてっぺんから靴の先まで視線を滑らせ、満足げに頷いた。

兎目が今着ている白いシャツと黒いズボン、そして黒いチョッキは、周良がご贔屓の「武智《たけち》洋服店」で仕立てさせたものだ。久佐兄弟もまた、腕利きの武智テーラーの手になる制服を着て働いており、三人の服装はそれぞれ違えど、なんとはなしに統一感が感じられるのは、さすがという他ない。

「武智の腕は一流だが、彼は実際に店に来て、君たちが働いているところを見たわけではないからね。そこはわたしの目に、アドバンテイジがあるというわけだ」

周良の言葉に、兎目は小首を傾げた。

「アドバンテイジ……というのは、有利な立場、という意味だったでしょうか」

それを聞いて、周良は眼鏡の奥の細い目をわずかに見開いた。

「そうそう、前に兎君は勉強が好きだと言っていたね。英語にも堪能とは頼もしい限りだ。この店にも、もっと外国人の客を増やしたいと思っていたところでね。接客に君が加わってくれれば、日本語しかできないあの秋月も大いに助かるだろうさ」

「あ、いえ、堪能だなんて、そんなことは!」

兎目は困惑して顔を赤くし、チキンカレーを運んできた秋月は、右眉だけを弓なりに吊《つ》り上《あ》げる器用な表情で、周良と兎目を順番に睨《ね》めつけた。

「日本語しかできなくて悪うございましたね。その分、日本語に関しては、そちらのガキんちょとは次元の違うサアヴィスを提供しているつもりですけどねえ。おっと、サアヴィスなんて英語を、ついサラリと使っちまった。能ある鷹《たか》は爪を隠すのが粋だってのに」

「う、うう」

とんだイヤミを食らって、兎目はもじもじと口ごもって項垂《うなだ》れる。少年にとってはとばっちりもいいところなのだが、肝腎の周良のほうは澄ました顔で、スプーンの先端をチューリップのような折りかたで包み込んでいるペーパーナプキンを指先で解《ほど》きながら言葉を返す。

「そういうところがまだまだ野暮天だね、お前は。こんなときくらい、弟分に花を持たせてやればいいものを。まあ、負けず嫌いは向上心に繋がる。嫌いではないよ」

「若様に好かれようと嫌われようと、俺の知ったこっちゃありませんが、まあ、お礼を言っておきますよ。さ、当店自慢のチキンカレーをどうぞ。鍋の底のほうだから、きっと濃くてなおさら旨いんじゃないかと」

「一升瓶の底にちびりと残った酒を飲んべえの杯に注《つ》ぐときみたいなことを言うんじゃないよ」

苦笑いしながら、周良は上品な分量のカレーをスプーンで掬《すく》い、口に運んだ。

やはり、実際に客に提供している料理をオーナーが実食するとなると、料理人としては緊張を強いられるのだろう。厨房の山蔭は、いつも以上に怖い顔で周良を凝視している。冷ややかな笑みを崩さない秋月も、切れ長の目だけは真剣そのものだ。

カレー作りをささやかに手伝った兎目も、息を詰めてもぐもぐと動く周良の細い顎を見つめている。

一口食べても何も言わず、二口、三口とスプーンを進めた周良は、つけ合わせの一つ、鷹の爪入りの甘酢に漬けたカリフラワーの小房のピックルスをいったん摘《つ》まみ、さらに一口食べてから、ようやくスプーンを置き、パチパチと芝居がかった拍手をした。

「オーナーとして厳しい小言の一つも言おうと思ったが、見つからないね。これは、傑作と言うより他がない。ブラヴォー、山蔭。お前を草の者から料理人に転身させた、自分の炯眼《けいがん》につくづく敬服するよ」

「結局、自画自賛だけじゃねえですか！　若様の自分大好きにも、ほとほと恐れ入りますね」

呆れる秋月に、スプーンをいったん置いた周良は、じんわり額に滲《にじ》んだ汗を、ハンケチで拭きながら言い返した。

「山蔭のカレーの出来も褒めただろう。ああ、実に結構。わたしの嫌いな鶏《とり》の皮がいささかも入っていないが、これは……」

「取りました!」

兎目は、思わず二人の会話に割って入る。周良は、丸眼鏡の奥の目をパチパチさせた。

「取った? ああ、皮を剝《は》いでから料理したということかね」

だが、兎目は首を横に振った。

「いいえ、山蔭さんが、鶏は皮からも美味しい味が出るからと、そのまま」

「では……」

「グラグラよく煮て、肉が骨からポロリと剝がれるようになったら、お鍋からいったん取り出して冷まします。それから、骨と皮を手で取り除いて、残ったお肉を細く裂いて、お鍋に戻すんです」

「おやまあ、そりゃ手間なことだ。それを、兎君が?」

「山蔭さんと、僕が」

「手間をかけた分、味がよくなるというわけだ。料理人の鑑《かがみ》だね。まあ、今日は、もう一つの顔についても、鑑であってほしいわけだが」

再びカレーライスを口にした周良のそんな言葉を合図に、山蔭は厳しい顔つきで厨房から出てきた。

彼に目配せされ、兎目は慌てて店の入り口に駆け寄り、錠を下ろした。

敢《あ》えて窓際の席に陣取ったのは、外から誰かが来ればすぐわかるようにという、周良の用心深さだろう。

反対に、誰かに周良がここにいるのを目撃されたところで、オーナーが店を監督しに来たという体には、なんの無理もない。カレーライスを試食しているのだから、なおさら自然体である。

さっき、カレーの味の感想を述べたのとまったく同じ口調で、周良はいきなり本題を切り出した。

「今回、お前たちに頼みたいのは、とある御仁の素行調査だ」

それを聞くなり、呆れ顔で両手を腰に当てたのは、言うまでもなく秋月だった。

「ハァ？　俺たちに、良家の子女のお尻でも追いかけろって話ですか？」

周良は、そんな秋月の顔を見上げようともせず、薬味入れから夕マネギを刻んで酢漬けにしたものをスプーンで掬い取り、カレーの上にちょいと載せてから、小さく笑った。

「お前には可哀想《かわいそう》だがね、秋月。追いかけるのはお嬢さんのお尻ではなく、四十路男の背中だよ」

「たちまちやる気が失《う》せましたよ。だがまあ、主君の話を聞かないってわけにもいかねえ。どういう話なんです？」

秋月は、勧められもしないのに、周良の横の椅子を引き、どっかと腰を下ろす。視線で促され、山蔭と兎目も、それぞれテーブルを囲んで席に着いた。

周良は、旨そうにカレーを食べながら、器用に話を続ける。

「岩間《いわま》子爵の名前は知っているだろうね？」

兎目は何も言わなかったが、山蔭は、秋月と視線を交わし、すぐに頷いた。

「その……いわゆる勲功華族の、岩間勘太郎《かんたろう》子爵ですね？」

山蔭が少し言い淀んだのには、理由がある。

勲功華族とは、新華族とも呼ばれ、明治期に華族制度が制定された折、本来はそこまでの家柄ではないのに、「国家に勲功あるもの」として華族に列せられた家柄を指すからだ。いわゆる成り上がり者として、本来の華族たちからは、未《いま》だにいささか蔑視される存在なのである。

周良は頷き、ナプキンで口元を拭い、氷水を一口飲んだ。

「そうだ。幕末を知る、矍鑠《かくしやく》たる老人だが、さすがにそろそろ一線からは退くおつもりのようでね。家を継ぐのは、長男の寿元《ひさもと》氏ということになる。素行調査を頼みたいのは、その寿元氏だ」

秋月は、つまらなそうに頬杖をついて口を開いた。

「なあんだ、跡継ぎもちゃんといるんじゃないですか。なんだって、素行調査が必要なんです？」

「当然ながら、貴族院における父親の地盤が、寿元氏に引き継がれるからだよ。子爵議員は、同爵の者による互選だが、よほどのことがない限り、落選することはあるまい。だが……表には出てこないが、その、よほどのことが」

「あるんですか？」

思わず声をひそめて問いかけた兎目に、周良は悪戯《いたずら》っぽく肩を竦めて答えた。

「現時点では、まだ可能性の話さ。明らかな瑕疵《かし》があるならば、お前たちの手を煩わせる必要はない」

山蔭は、太い腕を組んだ。

「つまり、なんらかの問題を抱えた人物である……疑いがある、と」

「さよう。極めてデリケエトな疑惑だ」

「はっ。デリケエトっていや、女関係と相場が決まってらぁ」

秋月の皮肉たっぷりの言葉に、周良は「おや、鋭いね」とニヤリとする。秋月は、いかにも煩わしそうに首を竦めた。

「なんです、御曹司は、女には見境なし？　いや、それじゃ問題にはならねえか。妾《めかけ》を取る程度の財力はあるでしょう。岩間家といやぁ、でかい造船会社やら農園やら、手広くやってるって聞いた気がしますよ。羽振りはいいはずだ」

「そのとおり。そういうことではない。むしろ、細君との関係は良好、お子たちにも恵まれ、表向き、外に馴染みの女を作っているというわけでもなさそうだ」

「じゃあ、品行方正じゃないですか。どこの女が問題なんです？」

「屋敷の内部だ」

「だってたった今、細君との関係は良好って、若様が……あっ」

何かに思い当たったのか、秋月は口を噤《つぐ》み、いかにも不愉快そうに形のいい唇をひん曲げる。

「えっ？　あの、いったい何が……」

秋月の反応がまったく理解できない兎目は、不思議そうに周良と、黙り込んだ山蔭の顔を交互に見る。

そんな兎目を少し気の毒そうに見やり、周良は真面目な顔になって、こう言った。

「これは、屋敷内で働く人間からの、いわば匿名の内部告発なのだがね。寿元氏の屋敷で働く若い娘たち……いわゆる行儀見習いの少女たちが、この二年で四人も行方不明《ゆくえふめい》になっているというのだよ」

山蔭と秋月、そして兎目は、思わず顔を見合わせる。

「その四人ともが、寿元氏のお気に入りだったという。言いたいことはわかるね？」

そう言って口角をほんの数ミリ上げた周良は、再びスプーンを取り上げ、よく煮えた人参だけを旨そうに頬張った……。

2

短い沈黙を破ったのは、山蔭だった。コック服で腕組みしたままの彼は、野太い声で静かに疑問を呈した。

「しかし、若様。お言葉ですが、それは、俺たちを使うほどの問題ですか？」

周良は澄ました顔で問い返す。

「と、言うと？　何が疑問かね？」

周良がそういう表情で問いかけをするのは、たいてい腹に一物あるときだ。

いきなりすべての情報を提供せず、まるで釣りでもするように話の一部だけを聞かせる。

そして、山蔭たちがそれに食いつき、自分たちから詳細を聞きたがったというふうに仕向けようとするのだ。

兎目ですらすでに気づいているのだから、彼とつきあいの長い山蔭や秋月には、そんなことは百も承知だろう。

主君の仕掛けにまんまと乗せられるのは業腹でも、何も問わなかったからといって、周良が「興味がないならやらなくていい」と持ち込んだ仕事を引っ込める可能性など、万に一つもない。

それならば、引き出せる情報はありったけ得ておこうと腹を括《くく》ったのだろう、山蔭はムスッとした顔で答えた。

「その四人の少女たちが寿元氏のお手つきであったとしても、それなりの金を握らせて郷里に返したか、あるいは他の嫁ぎ先や働き口を紹介したか……行方不明の正体は、その程度の話では？　不愉快な話ですが、上流階級の屋敷では、ままあることと聞きます」

「そうそう。素人《しろうと》の田舎《いなか》娘《むすめ》に手を出すなんて、御曹司にしては無粋だと思いますけど、まあ、そういう趣味の野郎もいるでしょう。そこは、本人なり周りなりが適切に処理をしてさえいりゃ、外野がやいやい言うことじゃないのでは？　アレだ、人柄はクソでも、議員様としていい仕事をすりゃあ、それでいいってやつですよ」

秋月も冷ややかな面持ちで吐き捨てる。

「無論、それだけならばありふれた話だ。少女たちは勿論《もちろん》のこと、たとえ子供ができたとしても、里子に出してしまえばいいだけの話だからね。幸い、寿元氏にはすでに二人の男児があるから、跡取りの心配はないもの」

部下たちの無礼な発言に、実に軽やかな調子で応じた周良は、名残惜《なごりお》しそうにカレーライスを食べ終え、小首を傾げてしばらく考えてからこう言った。

「旨いが、ほんの少し物足りなさが残るね。カレーライスは最初から最後まで単調だから、味の広がりという意味で工夫が必要だ。そうだ、薬味にゆで卵の粗みじん切りも添えたまえ。黄味には、少しだけ半熟部分を残す茹《ゆ》で加減でね」

「……ゆで卵を。かしこまりました」

いかにもオーナーらしいが、この場にはそぐわない呑気《のんき》な指示に、山蔭もまた料理人の顔に戻り、律儀に返事をする。

秋月は、そんな二人の様子に焦《じ》れたように、長い指でテーブルをコツコツと叩《たた》いた。

「で？　それなのに『素行調査』が必要になったからには、他にもなんぞ、御曹司がやらかしたと疑われてるんでしょう？　寿元にかけられている容疑はなんです？」

「殺人だ」

周良はナプキンで口元を拭いながら、やはり無感情にサラリと告げた。

「殺人⁉」

兎目は思わず、驚きの声を上げてしまう。山蔭と秋月は、無言で顔を見合わせた。

「おや、驚いてくれたのは兎君だけかね。つきあいが悪いね、あとの二人は」

兎目は、呑気そうな周良に戸惑いながらも問いを口にする。

「あの、殺人ってつまり、その寿元さんという人が、お手つきのお女中さんたちを殺したということですか？　だから四人とも、行方がわからなくなった、つまり殺されて、どこかに埋められた……？」

「その疑いがある、ということだ。山蔭、悪いが、口の中がカレーでヒリヒリする。レモネードを頼むよ。うんと酸っぱくしておくれ」

「……かしこまりました」

いいところで厨房へ行かねばならなくなり、山蔭はほんの少し後ろ髪を引かれる様子で、それでも従順に承知してテーブルを離れる。

「もし、その疑いが本当なら、そんな酷《ひど》いことをする人を貴族院の議員なんかにしちゃ駄目です」

兎目は強張った顔でそう言ったが、秋月は面白くもなさそうに、一見、華奢《きゃしゃ》に見える撫で肩を揺すった。

「ガキの正義感は、それなり大事にしてやりたいけどね、兎目。なんでもできる、してもいいと思ってる鼻持ちならねえ奴らは、実在すんのさ。男爵家の御曹司なら、金と人脈で警察くらい簡単に黙らせることができる。華族ってなぁ、そういう特権階級……」

「みんながみんな、そんな人ばかりじゃありません！　華族にだって、ちゃんとした人はいます！　みんなのために生きよう、正しいことをしようって思う人は、ちゃんといます。そのせいで……あ」

珍しく、激しい口調で反論しようとした兎目は、途中でハッと息を呑《の》み、しまったというように両手で口を押さえる。

その明らかな狼狽《ろうばい》ぶりを見て、秋月はニヤッと笑った。いかにも、してやったりの表情だ。

「そのせいで？　そのせいでなんだい、ウサ公。言いかけたことは、最後まで言いな」

「あ、いいえ、僕は特に、何も」

秋月以外にもうひとり、もっと嬉しそうな……まるで獲物を見つけた大蛇のように細い目を煌《きら》めかせ、話に割って入ったのは、言うまでもなく周良である。

「おやおや、兎君には珍しく、ずいぶん自信満々だったね。華族に、よほど気心の知れた知己がいるとみた。そんなに正しく生きている華族がいるなら、名を聞いてみたいもんだねえ」

秋月も、意地悪な笑顔になって、周良の話に乗った。

「そうなのかい？　お前、行き倒れだったくせに、お華族様に知り合いが？」

「あ……い、いえ、僕は、その。すみません、僕、本当に何も、誰も」

青い顔でアワアワと手を振る兎目を面白そうに見やり、「まあいいさ」と、周良はやけにあっさりと話題を戻した。

「兎君の、意外と広いかもしれない人脈はおいて、寿元には、女中の娘たちを手にかけたことだけではなく、もう一つ……こちらは遥《はる》かに深刻な嫌疑がかけられている。兄殺しだ」

「はい？」

もっと兎目を追及したそうにしていた秋月は、唐突に追加されたネタに、形のいい眉をひそめる。兎目は、話題が変わってむしろホッとした顔で、問いを口にした。

「ご長男なのに、兄、殺し、ですか？」

周良は、口角を微妙に上げ、頷いた。

「彼が『長男』になったのは、七年前だ。本当の長男である信守《のぶもり》氏が極めて病弱であるという理由で廃嫡され、寿元氏が名実共に、岩間子爵家の御曹司となった」

「はあん。そんで、その本来のご長男の信守氏は？　もうくたばったんですか？」

「兎君を少しは見習って、口を慎《つつし》みなさい、秋月。信守氏は、寿元氏のもっとも親しい相談役として、一家の中に確固たる地位を築いている……いや、いた、というべきか」

「えっ？」

「まさか、殺人の嫌疑ってなぁ、その信守氏のことなんですか？　兄貴を殺した？」

これには兎目だけでなく、周良の勿体《もったい》ぶった話しぶりには慣れっこのはずの秋月まで、つい引き込まれて驚きの声を上げてしまう。

周良は満足げに頷いた。しかし、秋月はすぐに、いつものシニカルな態度を取り戻して異議を唱えた。

「いや、廃嫡はもう七年も前に済んでるんだ。いくら相談役っていっても、兄貴が長男に返り咲く可能性はないでしょう。わざわざ殺す必要はないはずですよ？」

「あ……、そ、そうか。そうですよね」

二人の顔を忙《せわ》しく交互に見ながら、兎目は大きな丸い目を、驚きと戸惑いにクルクルさせる。

「お待たせいたしました」

そこへ、小さな銀のトレイを持った山蔭が戻ってきて、周良の前に、ほっそりと美しい脚付きのグラスを置いた。

グラスを満たすのは、砕いた氷、それに搾りたてのレモンとハチミツで作ったフレッシュ極まりないレモネードだ。

「ああ、待っていたよ、これを」

すぐにグラスを取り、ストローを使わずグラスに直接口をつけた周良は、ひとくち飲むなり、その爬虫類《はちゆうるい》を思わせる顔をギュッとしかめた。

「ああ、これこれ。この酸っぱさがたまらない。瀬戸内《せとうち》から、大きなレモンを厳選して仕入れている価値があるね。こればかりは、舶来ものより日本のものがいい。瀬戸内のレモンだと、酸味に柔らかさがある」

「それはともかく、若様。つまり寿元には、女中たちのみならず、実の兄を殺害した疑いがあると? いったい、動機はなんです? 俺にも、廃嫡された兄をわざわざ殺す理由がわかりません」

山蔭は、ムスリとした顔のままで話を強引に引き戻す。どうやら、厨房にいても三人の会話は聞こえていたらしい。

周良は、つまらなそうにグラスをテーブルに置いた。

「僕だって、理由なんて知らないさ。本当に、信守氏が殺害されたかどうかすらわからない。ただ、いくら病弱といっても、次期当主の相談役として社交界に顔を出してきた信守氏が、この二年ほど、まったく姿を見せていない。生存すら確認できていない事実がある」

「それこそ、病弱なんだから、病気でくたばったんじゃ?」

「そんなことなら、盛大な葬儀が営まれるだろう。隠す必要はないよ」

「あーん、そりゃそうだ。じゃあ、持病が悪化して、起き出せなくなった」

「その可能性はあるね」

山蔭は、立ったまま、いかつい顎に片手を当てた。考え込むときの、彼の癖である。

「むう……。ということは、我々が調査すべきことは、かつて岩間邸で働いていた四人の女中たちに何が起こったか、それに寿元氏がどの程度関与しているか。そして、寿元氏の兄の信守氏の現状、ということですか」

周良は、細い顎をわずかに動かして、肯定の意を示す。

「そう。今のところ、寿元氏の容疑については、何一つ証拠がない。匿名の密告があった、最近見かけない、なんて曖昧な理由で華族を疑い、警察を動かすわけにはいかないからね」

「いっそ、我らを動かすより、父親の岩間子爵に話を聞くほうが早いのでは？　無論、問い質《ただ》す人物を選ぶのに苦労はなさりそうですが」

山蔭の指摘は、無駄なく的確だ。周良も、珍しくストレートに答えた。

「岩間子爵は、この一年、ほとんど議会には出てきていないそうだ。なんでも、持病の腰痛が悪化したそうでね。外出をかなり控えているようだから、嘘ではないかもしれないが、さて……」

「ホントでもないかもしれないわけだ。で、とにかくふわふわした容疑ばっかり重なっていくもんだから、こっそり裏で、俺たちに動けってわけですか。けど、確証がないなら、何か決定的にやらかすまで、放っておきゃあいいような気がしますがね？」

秋月の冷ややかな問いかけに、周良はスッと真顔になって、どこか厳《おごそ》かな声音でこう言った。

「次の伯子男爵議員選挙は、来年行われる。よほどのことがなければ、寿元は父親の席を引き継ぐこととなる」

「よほどのことがなければ」

山蔭と秋月の復唱が、見事に重なる。周良は、もう一口レモネードを飲んでから応じた。

「そう。果たして、よほどのことがあるのかないのか、どうしてもハッキリさせたいのだよ。なければそれでよし、叩いてとんでもない埃《ほこり》が出たら、そのときは……」

「そのときは、議員にさせない？　そんなこと、できるんですかね」

「近頃は、ご維新のことも古い話になってしまった。かつては、新しい世を開くために働いた方々だからと狼藉《ろうぜき》を許されてきた華族たちだが、今となっては、民衆の目もずいぶん厳しくなりつつある」

「他人事みたいに言ってらあ。ご自分も華族のひとりでしょうが」

秋月の悪態をサラリと無視して、周良は兎目を見て話す。

「たとえそれが、臭いものには蓋をする、あるいは焼け石に水的な消極的な態度であっても、華族院の長老たちは、議員の風紀をある程度、正そうとしている」

周良の蛇を思わせる冷徹な目にじっと見つめられ、兎目は我知らず身体を小さくして、わずかに顎を上下させた。

（いったいどうして、若様は僕を見ていらっしゃるんだろう。もしやさっき、僕が迂闊《うかつ》に口にしたことを……いや、まさか、そんな）

内心の動揺を悟られたくなくて、兎目は失礼だと思いつつも、つい俯《うつむ》き、周良の視線から逃れようとしてしまう。

そんな兎目をどこか楽しげに見やり、周良は言葉を継いだ。

「それゆえに、少なくとも、年端もゆかぬ少女たちに手当たり次第に手をつけるばかりか、その子たちを……いや、実の兄をも、なんらかの理由で手にかけたかもしれぬ人物を、新たに議員に迎えるわけにはゆかぬと長老がたは仰せだ。ゆえに、我が父が、内密に調査を命じられた」

「そりゃまあ、華族院の新しい議員様、子爵家の御曹司が血みどろの殺人鬼！　なんてことになっちゃ、新聞記者が大喜びだ。や、記者だけじゃねえ、娯楽に飢えてる民衆も喜びますよ。いっそ、放っておきゃどうです？」

「おい、秋月。言葉が過ぎるぞ」

兄貴分の山蔭に低い声で窘められ、秋月はヒュウッと口笛を吹き、そっぽを向いてしらばっくれる。

周良は、そんな無礼な部下の態度を咎めるでもなく、ようやく視線を兎目から山蔭に移した。

「やってくれるだろうね？」

山蔭は、軽く頭を下げた。

「今は、我らの主は若様です。仰せとあらばなんであれ」

「そうこなくては。お前もいいだろうね、秋月？」

秋月は、気障《きざ》に肩を竦めて承知の意を表したものの、「しかし、どうしますかねえ」と言った。

「どう、とは？」

首を傾げる周良に、秋月は店の客席を片手で示す。

「だって、寿元の素行調査っていうんなら、屋敷の中に入り込まざるを得ないでしょう？　その間、店はどうすりゃいいんです？　俺がいなくっても、山蔭がいなくなっても、この店、回りませんよ？」

山蔭も、重々しく同意する。

「確かに。任務に当たっている間、店を閉めることもできますが、それでは」

「そんなことしちゃ、せっかくついた客が離れちまうよ。新しい店は次々できるし、みんな、飽きっぽいからね」

「む、それはそうだな。しかし若様の命とあらば」

「この店だって、若様の持ち物だよ」

「むむ」

二人の言い合いが途切れた頃合いで、周良はわざとらしく「おや」と言った。

「そういえば、いなくても店の営業に致命的な支障は来《きた》さない人間がちょうどひとり、ここにいるじゃないか」

彼の視線が向けられているのは、言うまでもなく兎目である。

「あ、えっ、あ、僕、ですか？」

ギョッとして自分を指さす兎目に、周良はニッコリして首肯した。

「そうだとも。確かに、君は大いに店を助けてくれているが、未だ、店になくてはならない存在というわけではない。そうだろう？」

「……確かに」

兎目は、微《かす》かな胸の痛みを感じつつも、素直に同意する。むしろ、それに異を唱えたのは山藤だった。

「若様。兎目はもう、この店の一員です」

「それは認めよう。だが、彼は調理長でも給仕長でもない。この店における兎君は、残念ながら替えの利く存在だ」

言葉もなくしょんぼりと項垂れる兎目の二の腕をポンと叩いて、周良は晴れやかな笑顔でこう続けた。

「だが、今回の任務においては、兎君。君がただひとりの希望の星だ」

「希望の……星」

「そうだとも。君ならば、店を離れ、岩間邸に潜入することができる。なあに、心配は要《い》らない。屋敷に潜り込む手立ては、僕のほうで整えてあげよう。広い屋敷だ、働き手は常に必要とされているだろう。君のような子供なら、喜んで雇い入れてくれるさ」

「お待ちください、若様」

山蔭は焦った様子で口を挟んだ。

「うん？　なんだい、山蔭」

「兎目ひとりに潜入捜査をやらせるおつもりですか？」

周良は平然として頷く。

「そうだよ。他に仕様がないだろう」

「だとしても、兎目はまだ子供です。それに、俺たちと違って、里で草としての訓練を受けたわけでもない。得体の知れない男の身辺をひとりで探るなど、無理が過ぎます」

「ではどうしろと？　他に何か良案があるなら、是非拝聴しよう」

「それは」

「ないなら黙っていたまえ。議論にならないのなら、それは無駄口というものだよ」

「……は」

ただでさえ口が重い山蔭である。主君に口調こそやんわりだが、かなり辛辣《しんらつ》に叱責されては、口を噤むしかない。

一方で、兎目に対してはにこやかに、周良は問いかけた。

「どうだい、兎君。山蔭は、君に潜入捜査は無理だと思っているようだけれど、君もそう思うかね?」

「あの……僕は」

兎目は、酷くきまり悪そうにモジモジした。

その複雑な表情からは、突然降って湧いた単独任務、しかも華族の屋敷に潜入するなどという、小説のような話に戸惑い、不安を感じているのとは別に、何かもっと深い事情があることが容易に察せられる。

だが、内に秘めた思いには言及せず、兎目は躊躇いながらも答えた。

「僕は……山蔭さんと秋月さんに、命を助けていただきました。若様には、ここで働くことを許していただきました。そのご恩を少しでも返せるのなら、僕」

「兎目。そんなことは気にしなくてもいい」

山蔭は小声でそう言ったが、兎目は小さくかぶりを振った。

「いえ。僕じゃ大してお役には立てないかもしれませんが、岩間子爵のお屋敷で下働きをしながら、できるだけの情報を集めてお届けします。精いっぱい頑張ります」

「よく言った!」

周良は手を打つと、上機嫌に兎目の腕を引っ張り、自分の隣の椅子に無理矢理座らせた。

そして、少年の肩をポンポンと励ますように叩く。

「思ったとおり、君は気立てのいい子だ。いいとも、いきなり危ない橋を渡れとは言うまい。こういう調査は、じっくり時間をかけて行うものだ。とはいえ、ダラダラ半年も一年もかけてもらっては、それはそれで困るのだがね」

「は……はい」

立て板に水の滑らかさでまくし立てる周良に気圧《けお》され、兎目はこくこくと頷く。

「若様！　しかし」

なおも山蔭は異を唱えようとしたが、周良はそれを冷徹に遮った。

「黙っておいでと言ったはずだよ、山蔭。わたしの手駒をどう動かすかの決定権は、当然ながらわたしにある。兎君も大事な手駒の一つだ。そうだね？」

正面から見据えられ、兎目はただ一つ、大きく頷く。周良の薄い唇が、にい、と大きく引き伸ばされた。

「よし。では、話は決まった。わたしのつてを使って、兎君を岩間邸に送り込むとしよう。兎君は住み込みで働きつつ、まずは邸内の様子を探り、同じ下働きの者たちから情報を集める。いいね？」

「……はい！」

「無論、山蔭と秋月にも、手を拱《こまね》いていさせるつもりはない。この店をいつもどおり経営しつつ、外から岩間邸にときおり出入りできるよう、わたしのほうで骨を折ろう」

いささか恩着せがましくそう言って、周良は優雅な手つきでグラスを取り、氷が溶けかけたレモネードを飲み干した。そして、すっくと立ち上がる。

「準備ができたら、連絡しよう。その時点で、作戦開始だ。報告は即時。小さなことでも、要らぬことと勝手に判断しないように。ご馳走様《ちそうさま》」

そう言い残すと、周良は去っていった。

ひとり、周良を車まで見送った兎目が店に戻ると、山蔭はすでに厨房で仕事を再開していた。

秋月も、大切なグラスを洗う作業を始めている。

兎目は慌ててトレイを取り、まだいくつかのテーブルに残ったままの食器を片づけにかかった。

(山蔭さんも秋月さんも、何も言わないな……。特に山蔭さんは、僕がお屋敷に潜り込む仕事を引き受けるの、凄く嫌そうだったのに)

トレイに皿やサラドボウルを集めながら、兎目はチラチラと視線を二人に向けた。

だが、二人とも自分の手元に集中していて、兎目に気を留める気配もない。

(僕が言うことをきかなかったから、山蔭さん、怒ってるのかな。そういえば秋月さんは、特に反対しなかったな。賛成もしなかったけど)

厨房に食器を満載したトレイを運んだ兎目に、秋月がようやく声をかけた。

「もうこっちは終わるから、洗っておしまいよ」

「あ、はい。ありがとうございます」

調理台の上に大きなタオルを敷き、そこに洗ったばかりのグラスを伏せて並べた秋月は、グラスがある程度乾くのを待つ間、ホールの清掃を始める。

「……あの」

兎目は勇気を振り絞り、夜の営業に備えてタマネギを刻んでいる山蔭に呼びかけた。

たっぷり十秒ほどの沈黙の後、山蔭はようやく手を止め、兎目を横目でジロリと見た。

その目には明らかな怒りこそなかったが、彼が兎目の決意をまったく歓迎していないことだけはわかる。

「あの、僕、ごめんなさい」

謝るのも弁解するのも奇妙だと思いつつも、何をどう言えばいいかわからず、兎目はつい、謝罪の言葉を口にする。

すると山蔭の眉根がギュッと寄った。眉間の縦皺の深さが、彼の機嫌の悪さをそのまま示しているように思われる。

「あの」

「いいから仕事をしろ」

投げつけるようにそう言うと、山蔭は再びタマネギを切り始める。

もはや二個目だというのに、山蔭はもちろん、すぐ近くにいる兎目も少しも目に沁《し》みないのは、包丁がよく研《と》がれているのと、山蔭の腕がいいのの両方だろう。

いつもは惚れ惚れと眺めるその手際に感心する余裕もなく、兎目は半分泣きそうになりつつも、「わかりました」と返事をして、食器を慎重に洗い桶に浸《つ》け始めた……。

毎晩、「しのびパーラー」の営業を終え、片づけや清掃、翌日の仕込みなどをしていると、午後十時を過ぎる。

それから、二階にある浴室で一番風呂を使わせてもらい、兎目が屋根裏に引き上げる頃には、もう十一時を回っているのが常だ。

「ふう」

まだ湿った髪を肩にかけたタオルで拭きながら、寝間着姿の兎目は、ベッドにポスンと腰を下ろした。

「こんなボロ部屋に住むんなら、せめて寝床くらいはいいのにしな」

秋月がそんなことを言ってお下がりをくれたベッドは、フレームが瀟洒な金属製で、マットレスも古びてはいるが上等だ。

「結局、お二人とは、ちっとも話ができなかったな」

力なく呟き、兎目は目を伏せた。

こんな日に限って、夜の営業は常に満席の大繁盛だった。

山蔭と秋月は言うまでもなく、二人の手伝いをする兎目もてんてこ舞いで、息つく暇もなかった。

当然ながら、片づけもいつもより大変で、三人とも疲れ果てていたので、とても何かを喋《しゃべ》れる雰囲気ではなかった。

そして、仕事が終わると秋月はいつものようにふらりと夜遊びに出掛けてしまい、山蔭もとっとと自室に引き取って、兎目はひとり、ぽつんと取り残された。

(さっき、お風呂いただきましたって、部屋をノックして声をかけたときも、返事がなかった。山蔭さんも、出掛けちゃったのかな)

まるで二人とも、周良との一件などなかったような素振りで……いや、あからさまに兎目とその話をするのを避けている様子だった。

「僕、しくじってしまった」

兎目は微かな声でそう言い、背中が丸んでしまうほど深い溜め息をついた。

「華族のことなんか、話すべきじゃなかったんだ。だって僕は……僕は」

コンコンコン!

突然、扉をノックされて、兎目は弾《はじ》かれるようにベッドから飛び下りた。

心臓が、早鐘のように打っている。

兎目の部屋には、軋む階段を上らないと辿《たど》り着《つ》けない。誰かがやってくる物音に気づけないほどぼんやりしていたわけではないので、よほど足音を上手く忍ばせてきたのだろう。

その上で、敢えてノックして訪れを知らせるような人間は、兎目が知る限り、二人だけだ。その中でも、こんな時刻にわざわざ屋根裏部屋を訪ねてきそうなのは……。

「どうぞ」

我ながら上擦った声で兎目が返事をすると、扉が開く。

階下の部屋より天井がやや低いので、窮屈そうに身を屈《かが》めてヌッと入ってきたのは、兎目が予想していたとおり、山蔭だった。

「遅くにすまん。ちょっといいか？」

実直な彼らしく律儀に問われて、兎目は頷き、さっきまで自分が座っていたベッドを示した。

「ここしか座るところがないですけど、いいですか？　なんなら僕が下に……」

「いや。今夜はここがいい」

そう言うと、まだ寝間着に着替えていない山蔭は、ベッドにどっかと腰を下ろした。傍らをポンと叩かれ、兎目もおずおずと隣に座る。

狭い室内を見回し、山蔭はいかつい顔を緩めた。

「綺麗に暮らしているな」

「物がないだけです。できるだけ、清潔にしようとは思っていますけど」

「それが何よりだろう。なあ、兎目」

「なんですか？」

「ああいや。さっき、店を閉めてまかないにしたとき、あまり食が進んでいなかった。俺たちに遠慮して……その、昼間のことを気にして、食えなかったんじゃないかと思ってな。これを」

そう言って、山蔭は持ってきた紙包みを兎目の膝にそっと置いた。

「開けても？」

山蔭が頷いたので、兎目は包みを開けてみた。出てきたのは、握り飯が二つである。

兎目は、山蔭が来てからずっと続いていた緊張が、ふと解《ほぐ》れるのを感じた。思わず笑顔で、山蔭の顔を見上げる。

「ありがとうございます。……お見とおしなんですね。あんなに山蔭さんが反対してくださったのに、僕が若様のお仕事を引き受けてしまったから、怒らせてしまったんじゃないかと思って」

「馬鹿な。お前は悪くない。若様は最初から、あの仕事をお前に押しつけるつもりだったんだ。……若様が言うとおり、岩間子爵邸に住み込みで潜入する必要がある以上、お前しか適任はいない」

兎目は、ただ頷く。山蔭は、「食え」と握り飯を勧め、兎目が齧《かじ》りつくのを待って、再び口を開いた。

「すまん。確かに俺は腹を立てていたが、それはお前に対してじゃない。お前を気軽に利用しようとする若様に……いや、それ以上に、お前を俺たちの草としての仕事に巻き込んでしまった自分に対して」

大きな握り飯を両手で持って食べていた兎目は、まだ口に飯が入ったままの不明瞭な口調で、それでも一生懸命、否定の言葉を口にした。

「いえ! 山蔭さんは悪くないです。僕が勝手にお二人をつけて、お二人の仕事を知ってしまっただけですから。僕は、命を助けてくださったご恩を返したいだけです。それに……」

言い淀む兎目に、山蔭は静かに言った。

「それに? 俺は、お前の素性については詮索しないと約束した。それは忘れんが、お前が話してみたいことがあるなら、ただ聞く」

「山蔭さん……」

「さっきお前は、秋月が華族を貶《けな》したとき、珍しく怒りを露《あら》わにしたな。あれが気にならないと言えば、嘘になる。秋月と若様も同じだろう」

「……はい」

「お前は行儀がいい。学もある。育ちがいいのは一目瞭然だ。……つまりお前は、華族か、あるいは華族とつきあいのあるそれなりの家の出なんだろう。嫌なら返事をしなくてもいい。ただ、俺たちはそう踏んでいるという話をしているだけだ」

食べかけの握り飯を持ったまま、兎目はしばらく無言で考え込んだ。そして顔を上げ、山蔭のいかつい顔をじっと見つめる。

「僕の本当の名前は、まだ言えません。いえ、ずっと言えないと思います。僕はもう、その名前を名乗ってはいけない身の上なんです」

山蔭は、軽く眉をひそめる。

「名乗ってはいけない？　まさか、お前もどこかの家で廃嫡でもされたのか？」

廃嫡という言葉に、兎目は少し痛そうな表情をしたが、静かにかぶりを振った。

「いいえ。そういうことではないんです。ただ、色んなことが一度に変わってしまって、僕は、僕のすべてを失うことになった。それだけです」

「それだけって、お前」

「それだけなんです。でも、どこの誰でもなくなった僕に、山蔭さんと秋月さんが、『しのびパーラーの兎目』という新しい場所と名前をくださいました。だから僕はもう、兎目です。他の名前はありません」

「……そうか」

山蔭は、大きな手で、兎目の頭をクシャリと撫でた。

「俺は、久佐の家に拾われたときから、一介の草として使い捨てられる運命だと腹を括った。今も、若様に、あるいは殿様に命じられれば、どんな仕事でもやる。それは、捨て子だった俺や秋月が今、こうして生きていられるのは、久佐家のおかげ、ひいては須賀原家のおかげだからだ。一生かけて、その恩義を返さねばならん」

「はい」

お前もそうだと言われるかと、兎目は素直に頷いた。だが、山蔭は兎目の艶やかな黒髪を撫でながら、こう言った。

「だが、お前は違う。お前は、長い人生のほんの一時、俺たちのもとに身を寄せただけだ。命を捨てるほどの恩義ではない」

「でも、お二人が拾ってくださらなければ、僕は死んでいました」

「それでもだ。俺たちは、お前を手駒にするために拾ったんじゃない。たとえ若様が、お前もあの方の手駒の一つだと仰せになろうと、それは、お前がこの店にいる間だけのことだ。いつかお前が兎目という名を捨てて、新しい人生を歩み始めるときが来たら、お前は自由にここを出ていっていい。俺たちのことを顧みる必要はないんだ」

「山蔭さん……」

「秋月がどう言うか知らんが、俺はあいつの兄だ。反論は許さん。……いいか、兎目。俺には、若様の命令を覆す権利はない。お前をみすみす岩間邸に行かせるしかないが、決して命を危うくするような真似《まね》だけはするな。無駄な意地も張るな。無理だと思ったら、あるいは身の危険を感じたら、すぐに逃げ帰ってこい。それを約束してほしくて、ここに来た」

山蔭の口ぶりは、怒っているのではないかと不安になるほどぶっきらぼうだったが、その言葉の一つ一つから、兎目のことを真摯に案じていることがわかる。

兎目は目の玉の奥がジンと熱くなるのを感じながら、コックリと頷いた。

「ありがとうございます」

ひとこと、感謝の言葉を口にしてから、自分の気持ちを上手く説明できず、握り飯を再び口いっぱいに頬張る。

真ん中に入っていた梅干しの酸っぱさに、思わず涙が滲んだ。

「泣くほど旨いか?」

真面目な話をしてしまった照れ隠しなのか、山蔭は珍しく、恐ろしく下手くそな冗談を口にする。

「泣くほど美味しいです」

それに大真面目に応じてから、兎目は思い切った様子で山蔭に問い返した。

「あの、山蔭さんは……つらいですか?」

不意を突かれて、山蔭は驚いた顔をしてしまう。

「つらい？　俺が？」

「さっきの話。久佐のお家に拾われたときに、一生を草……忍として、使い捨てられる運命だと腹を括っただなんて。山蔭さん、そのときはまだ僕より小さかったんじゃないんですか？　きっと、将来の夢とか、あったんじゃないかと思って」

「将来の夢、か」

山蔭は、ホロリと片頬だけで無骨に笑った。

「久佐の家に拾われる前は、生きるために食うことしか考えていなかった。腹いっぱい食うのが夢で、それが叶《かな》えられただけで、人生に望むものなど残っていなかったんだ」

「そんな……！」

「本当だ。久佐の家では、忍びの修業に加えて、生きるための労働も多かった。働き詰めに働いて、くたびれて襤褸《ぼろ》切れのようになって眠る毎日に、夢も希望もなかろう。俺も秋月も、久佐の家に見捨てられないように、ただ必死で励んだ」

山蔭は、そんな過酷な子供時代のことをやけに懐かしそうに語り、それからいつになく穏やかな眼差《まなざ》しを兎目に向けた。

「そういう意味では、俺にとっては、今がいちばん楽しい。草としての仕事は無論あるが、普段は料理人として鍋を振り、客の旨そうに食べる顔を間近で見ていられる。誰かの謎を探って手を汚す草の務めとはまったく違う。他人を喜ばせ、楽しませることができる仕事は、初めてなんだ」

厨房で一心に料理を作り続ける山蔭の姿を思い浮かべ、兎目は笑顔で頷く。

「はい。とても素晴らしいお仕事だと思います。山蔭さんの作る料理は、本当に美味しいですし」

そうか、と山蔭は照れ臭そうに頬を掻く。

「秋月もそうだろう。芝居だ、客あしらいだと嘯いているが、あいつも給仕の仕事が楽しくて仕方がないようだ。そういう意味でも、俺たちは、若様には返せないほど大きな恩義がある。あのお方は情け容赦ない反面、やけに優しい、情の深いところもある。不思議な御仁だ。信じるなとは言わないが、何もかもを預けてはいかんぞ」

「山蔭さん……」

「とにかく、実際に岩間邸へ行くまでは、少しくらい猶予があるだろう。今のうちに、ゆっくり身体を休めて、英気を養っておけよ……あだッ」

そう言うと、山蔭は立ち上がり……低い天井に頭のてっぺんをぶつけて悲鳴を上げる。

その初めてみるユーモラスな姿に、兎目は思わず昼間からずっと続いていた緊張を忘れ、声を上げて笑ってしまったのだった。

須賀原周良から、「手はずが整った」と連絡があったのは、それから一週間後のことだった。

＊　＊

その翌朝、兎目は住み慣れた「しのびパーラー」を出て、バスと電車を乗り継ぎ、東京の目白《めじろ》にある岩間子爵邸へと辿り着いた。

広大な屋敷の周囲は高い石造りの塀に囲まれ、門扉は重そうな鉄製だ。

兎目は正面玄関の前を通り過ぎ、周良に指示されたとおり、裏手の勝手口の呼び鈴を鳴らした。

出てきてくれた女中とおぼしき初老の女性に、兎目は周良に持たされた紹介状を手渡した。

兎目は諜報に関しては素人なので、偽名を使わせて襤褸が出ると困る。そんな周良の判断で、風変わりな名はそのままに、兎目は「山中《やまなか》」という偽りの姓を与えられた。

紹介状を書いたのは、須賀原の家の家臣筋にあたる田島《たじま》家の当主で、兎目はその家で過去二年、雑用係として働いてきたことになっている。

女性は紹介状を持って家の中に引っ込み、兎目は勝手口の前で突っ立ったまま、十数分待たされた。

やや不安になり始めた頃、さっきの女性が戻ってきて、そこでようやく、兎目は屋敷の敷地内に入ることを許された。

「夜は、たまに犬が放されるからね。ブラブラ出歩いたりするんじゃないよ。懐いてない奴には、見境なく嚙みつくおっかない犬たちだから」

そんなことを言いながら、女性は先に立って歩いていく。

質素だが、清潔な和服を身につけた彼女の向こうに、ほぼ左右対称の、黒っぽい煉瓦《れんが》造りの邸宅がそびえている。大きな窓枠も、木製の雨戸も、煉瓦と美しいコントラストを成すように真っ白なペンキで塗られていた。

屋根は銅葺《どうぶ》きらしく、全体的に黒ずんでいるが、一部、緑青の色が鮮やかに出ている。

「綺麗なお屋敷ですね」

兎目が素直な感想を口にすると、彼女は振り返り、誇らしげに胸を張った。

「子爵様のお屋敷だからね。そりゃあ、このあたりはお華族様のお屋敷が多いし、中にはもっと大きなお屋敷だってあるけどさ。あたしゃこのお屋敷が、とびきり綺麗だと思ってるんだよ」

「はい。とても素敵です」

兎目の言葉が、女性は気に入ったようだった。

「あたしはお勝手を預かってるサトっていうんだ。お屋敷の皆様にお食事を差し上げるのが仕事だけど、あんたたちの食事も作るんだよ」

「ああ、お世話になります。僕は、や……山中兎目です。」

「トメ？　女みたいな名だねえ」

「兎の目と書いて、兎目です」

「ますます変わった名前だねえ。親は何を考えてつけたんだい？」

「あ……ええと、その、僕があまりにもよく泣くので」

「ああ、なるほど。白兎の目かい」

女性……サトはからからと笑った。白髪交じりの髪をきついひっつめにしているせいか、目つきが鋭いせいか、一見、怖い人に見えたが、どうやらかなりの話し好きらしい。

（この人からなら、色々聞けるかもしれない）

そんなことを考えながら、兎目はついに、岩間邸に入った。

彼がまず連れていかれたのは、屋敷の裏口から、広い厨房を抜けた先にある、小さな個室だった。

そこで彼を待ち受けていたのは、老齢の燕尾服《えんびふく》姿の男性だった。白髪をきちんとポマードで撫でつけ、綺麗に切《き》り揃《そろ》えた口ひげを蓄え、シャンと背筋を伸ばして窓際に立っている。

「さ、新入りさんをお連れしましたよ。じゃ、あたしはこれで。お昼の支度があるのでね」

サトはそう言って、励ますように兎目の背中を叩くとそそくさと立ち去り、狭い部屋の中には、男性と兎目だけが残された。

この小部屋は、どうやら執務室のようだった。

書棚には台帳とおぼしきものが整然と並べられ、質素だが頑丈そうな書き物机と、座り心地のよさそうな、ふかふかした座布団を敷いた椅子がある。小さな暖炉もあって、なかなか居心地がよさそうだ。

朝食をここで済ませたのか、机の片隅に小さな盆が置かれ、その上には皿とティーカップが重ねて置かれていた。

男性は、兎目の全身を無遠慮に観察した後、「うむ」と小さく頷いて老眼鏡をかけ、手に持っていた紹介状に再び目を通した。

「わたしが、執事の翠川《みどりかわ》だ。ここには家令がいないので、実質、お屋敷のことはすべて、わたしが取り仕切っている」

兎目はもう一度、自己紹介を繰り返した。

翠川は、興味深そうに、老眼鏡を少しずらして兎目を見た。

「お前はずいぶん利発そうだな。紹介状に、読み書きができると書いてある。英語もかね」

「はい。英語は、ほんの少しですが」

「どこで学んだんだい？」

「先に働かせていただいていた、田島様のお宅で、坊ちゃんのお勉強にお供をさせていただいておりました」

その答えに、執事の翠川は満足げに頷いた。

「ああ、それはよいことだ。使用人は、ただ働いていればよいという時代はもう過ぎた。これよりは、よりよきお仕えをするべく、我々も賢明にならねばならん。わかるかね、小《こ》賢《ざか》しいのはいかん、賢明になるのだ」

いきなり釘《くぎ》を刺されて、兎目は緊張して背筋をより真《ま》っ直《す》ぐ伸ばす。

「かしこまりました。出すぎたことはしないよう、気をつけます」

「うむ。お前は飲み込みが早いようで何よりだ。雑用係とのことだが、庭の仕事はできるかね」

いきなり問われて、兎目は困惑して首を捻った。

「庭の仕事、とは」

「芝の手入れや花壇、菜園の手入れだ。経験はあるかね？」

「多少は。ただ、専門の訓練は受けたことがありません」

「それは、教わればよいだけのことだ。虫は平気かね?」

「はい、特に怖くはありません」

「ならばよい。お前にはとりあえず、庭師の見習いをやってもらおう」

「庭師見習い、ですか」

兎目は内心、ガッカリした。

てっきり家の中の雑用を仰せつかると思っていたので、仕事のついでに、屋敷の色々な部屋を偵察できるだろうと考えていたのである。

(庭師じゃ、お屋敷の中にはなかなか入れなさそうだな)

だが、落胆を態度に出すわけにはいかない。兎目は慇懃《いんぎん》に、「わかりました」と答えた。

翠川は、兎目の気持ちなどお構いなしに、やや早口に言った。

「庭師の塚本《つかもと》が、先日、ハシゴから落ちて、足を折ってね。しばらくは、思うように働けんのだよ。せいぜい助けてやりなさい」

「わかりました」

兎目が頷いたとき、チリンと壁に取りつけた鈴が鳴った。途端に、翠川は襟元をぴしっと正し、足早に部屋を出ていこうとする。

「あの、僕は」

どうすればいいのですか、と兎目が訊ねるより早く、翠川は軽く振り向いて言った。

「一緒に来なさい。寿元様がお出掛けになられる。じきに家督を継がれる方だ」

寿元と聞いて、兎目の顔が引きしまる。

「わかりました」

兎目は風呂敷包みを床に置き、早くも長い廊下を凄いスピードで歩いていく翠川の後を追った。

使用人たちが使うエリアを抜け、扉を開けると、そこは広いエントランスホールになっていた。

床は黒と白の大理石をチェスの盤のように格子に配置したお洒落なもので、天井からは、小振りだが、金色のリングの周囲にスズランのようなシェードをいくつも取りつけた、繊細で美しいシャンデリアが下がっている。

その下に立っているのは、見るからに仕立てのいい背広姿の男性だった。

麻の背広は象牙《ぞうげ》色で、今、まさに頭に乗せたのは、白いパナマ帽だ。ネクタイの紺と、帽子のリボンの紺を合わせるあたり、なかなかの洒落者らしきその人物こそが、今回の調査対象、岩間家の御曹司、寿元である。

決して長身ではないが、肩幅が広く、ガッチリした身体つきで、顔もホームベースのように角張っている。

翠川と同じく口ひげを生やしているが、こちらはやや細長く整え、威厳よりも洒落っ気を演出しているようだった。

あまり大きくない目は快活そうに笑みを湛《たた》え、口はとても大きい。

美男子とは言い難い顔立ちではあるものの、どこか愛嬌《あいきょう》があって、憎めない風貌だ。

（なんだか悪い人じゃなさそうに見えるけど……）

兎目は翠川の背中に隠れるように立ち、彼の燕尾服の肩越しに、寿元をチラチラと観察した。

「寿元様、本日は、お仕事の後、そのままお夕食に行かれるのでしたね」

翠川が声をかけると、若い女中から差し出されたステッキを受け取りつつ、寿元はやはり若々しい声で応じた。

「ああ、資生堂パーラーに招かれた。最近は料亭続きだったから、洋食はありがたいね」

そんなことを言いながら、寿元は翠川を見やり、ふと、背後に立つ兎目にも気づいたらしい。兎目は慌てて深々とお辞儀をした。

「その子は？」

翠川は、半歩脇にどき、兎目を片手で指し示した。

「ちょうど、今来たばかりでございまして。先日、足の骨を折りました庭師の塚本の手伝いとして雇い入れました、山中兎目でございます。田島様よりの斡旋《あっせん》で」

ふむ、と寿元は興味を示したが、それは兎目にではなく、斡旋した人間のほうであったようだ。

「田島家からか。なるほど、経営する会社が傾き気味だというのは本当だったのかもしれんな。もののように家から家へ移されて可哀想だが、まあ、我が家でせいぜい頑張ってくれたまえよ」

兎目は、黙ってより深く頭を下げる。

その慎ましい態度に満足したのか、「ふむ」と軽く一声呟き、寿元は屋敷の外に出ていく。

後に従う翠川について、兎目も表玄関から外に出た。

車寄せにはすでにピカピカに磨き上げられた車が停《と》まっており、運転手がすぐに寿元のために扉を開ける。

「では、行ってくる」

車の窓を開けて寿元が声をかけると、翠川をはじめ、見送りに出た数人の女中たちが、いっせいに同じ角度で礼をする。兎目も慌ててそれに倣った。

やがて、寿元を乗せた自動車は、屋敷の外に走り去った。使用人たちは、それぞれの持ち場に戻っていく。

翠川は、兎目を手招きした。

「来なさい。今、少し時間があるから、わたしが屋敷の中を簡単に案内してあげよう。ウロウロして、おかしなところに迷い込まれては困るからね。その後、お前の上役になる、庭師の塚本に引き合わせよう」

それは、兎目にとっては、願ってもない申し出である。

「よろしくお願いします！」

思わず弾んだ声でそう言って、兎目は翠川に駆け寄った。

こうして、彼はほんのいっとき、「しのびパーラーの兎目」から、「岩間家の庭師見習い、山中兎目」に変身して、新たな生活を始めたのであった。

3

ザクッ、ザクッ、ザクッ。

枯れかけた日日草の苗を抜いた後、カチカチに固まっているように見えた灰色の地面は、クワを入れると驚くほど呆気《あっけ》なく割れ、解《ほぐ》れていく。地中から現れるのは、黒くてふかふかした、いかにも植物が気持ちよく育ちそうな土だ。

（きっと、長らく手をかけてもらった豊かな土なんだろうな。ここで土の作りかたを覚えて、「しのびパーラー」の菜園や花壇も、もっといいものにしよう）

そんなことを考えながら、兎目は首にかけた手拭いで、額の汗を拭った。

彼が岩間子爵邸に住み込みの庭師見習いとして潜り込んでから、ちょうど一週間が経《た》った。

見習いの間は休暇という概念はないそうで、これまでのあいだ、一度も「しのびパーラー」に戻ることができていない。

慣れない職場で要領が悪いということもあるが、朝から晩まで仕事に追われ、外出する用事を言いつかる機会もないので、屋敷の外に出ることすらできずにいる。

課報活動どころか、まるで機械の部品のように、ただ働いて、食べて、疲労困憊《ひろうこんぱい》で寝るだけの日々だ。

(若様、山蔭さんと秋月さんが僕に接触できるようにするっておっしゃってたのに、そんな気配はちっともないな。やっぱり、言葉ほど簡単にはいかないのかも)

山蔭と秋月に会えないのは寂しいが、一方で今、あの二人がここに来てくれたとしても、兎目には報告できることがろくにない。

(なんとかして、お屋敷の内部の情報をもっと得たいところだけど)

手拭いを耳の後ろに滑らせつつ、兎目の視線は、目の前の瀟洒な邸宅に向けられた。

使用人たちの寝起きする部屋は、邸内の半地下と最上階にあるそうだが、残念ながら、兎目は上司である庭師の塚本と共に、屋敷裏手の庭師小屋で暮らしている。

邸内に入れるのは、厨房に菜園で採れた野菜や果物を届けに行くときと、日に三度、食事を貰いに行くとき、それに入浴するときだけだ。

本来ならば、使用人たちは皆、少しずつ時間をずらし、厨房の隣にある専用の食堂で食事をする。そこで他の使用人たちと知り合い、話を聞ければいいのだが、運の悪いことに、庭師の塚本が負傷中である。

片脚をがっちりと重いギプスに固められ、いちいち食堂まで出向くのが億劫《おっくう》だということで、兎目は特別に二人分の食事を庭師小屋に持ち帰らせてもらっている。

風呂も、本来は地下にある使用人用の浴室を使うべきところ、庭師小屋には少し前まで使っていたという小さな五右衛門《ごえもん》風呂があるため、風呂に入れない塚本の身体を拭うための湯を沸かすついでに、兎目もそこで入浴を済ませるよう言いつけられた。

ますます他の使用人と出会うチャンスが少なくなり、正直、こんなことではいけないと焦りつつ、打開策が見いだせない日々をいたずらに重ねるばかりだ。

(お屋敷の中で、今のところ会話ができているのは、庭師の塚本さん、料理番のサトさん、あとは執事の翠川さん。だけど翠川さんは……)

「いいかね、こうして案内してやったからといって、お前にお屋敷の中を自由にうろついてよいと言っているわけではないのだよ。ただ、いざというとき、我ら使用人は、旦那様と、若様のご家族の御身を守る行動をせねばならん。そのためにお屋敷の構造を教えておるのだ。心しておきなさい」

兎目が屋敷に来た日、翠川は、兎目を連れて岩間邸の中を歩きながら、そう釘を刺した。特に、二階の主人一家の生活スペースには決して近づかぬようにと厳しく念を押され、兎目は半ば反射的に、こくこくと幾度も頷いてみせたものだ。

とはいえ、そんなルールを守っていては、いつまで経っても岩間家、特に次期当主の寿元の情報を得ることができない。

実は屋敷に来て早々、兎目は厨房に食器を返却しに行ったついでに、邸内をひとりで歩いてみようとした。

しかし、玄関ホールに行き着く前に翠川に見つかり、「お前、どこへ行くのかね？」と冷ややかに問《と》い質《ただ》されてしまった。

使用人が出入りできる勝手口から玄関ホールまでは細い廊下一本しか通路がなく、必ず執事室の前を通ることになるので、翠川の目に留まらずに行き過ぎるのはなかなか骨が折れそうだ。

そのときは、まだ屋敷に来たばかりだったので、「方向がわからなくなって」という言い訳が通用したが、一週間も経ってしまえばそうもいくまい。

屋敷のすべてを取り仕切る翠川に怪しまれようものなら、今後の活動が困難極まりないものになる……というか、この屋敷に留《とど》まることすら不可能になるかもしれない。

慣れるまでは慎重に行動せねばと逸《はや》る心を抑えてきたが、今度は反対に、何もできていなさすぎて焦り始めた兎目である。

（困ったな。翠川さんとは、あれ以来、直接話す機会は持てていないし、サトさんと塚本さんから得られる情報は凄く限られてて……。サトさんはいつも忙しそうだし、塚本さんは取りつく島がなくて、今のところ、仕事を教わったり、介助のやりかたを聞いたりするくらいしかできていない。どうしよう。こんなことじゃ）

「おい、トメ公」

荒っぽい愛称で名を呼ばれ、兎目はハッとした。

彼が今いる花壇から少し離れた木陰で、土を調合している庭師の塚本が手招きしている。

いつもと同じ、むすっとした顔つきだ。

「はいっ！」

大きな声で返事をしてクワを置き、兎目は塚本のもとに駆け寄った。

「どうしました？　何か持ってきましょうか？」

「どうしましたはこっちの台詞《せりふ》だ。何してる、棒っきれみたいに突っ立って」

投げつけるような口調でそう言った塚本は、六十がらみの小柄な男で、さほど筋骨隆々には見えないが、土が詰まった重い袋を軽々と担いでみせる力持ちだ。

しかし先日、庭の松を手入れしていたとき、長年使い込んだ長いハシゴが折れ、落下して右脚を骨折してしまった。

塚本に言わせれば、身のこなしが軽いから足一本で済んだのであって、「脳天がザクロみたいにぱっくり割れてたって不思議じゃなかった」のだそうだ。

何はともあれ、しばらくは仕事がままならない彼は、できる範囲の軽い作業をこなしつつ、新米弟子の兎目を監督しているというわけだ。

「すみません、なんだかぼうっとしてしまっていました」

兎目が素直に謝ると、塚本は落ちくぼんだギョロ目を細め、兎目の顔をじっと見た。

「具合が悪いんじゃねえんだな？」

「そんなことはないです」

「んじゃいいが、まあ、いっぺん休憩しろ」

塚本にそう言われ、兎目は戸惑い顔で花壇のほうを見た。

「でも、花壇の片づけがまだ」

「今日じゅうに終わりゃいい。ぶっ倒れちゃ、元も子もねえだろうが」

そう言うと、塚本は自分が腰掛けている折り畳みのベンチの隣を手のひらで叩いた。

「は……はい」

兎目は躊躇《ちゅうちょ》しつつも、従順に塚本の隣に腰を下ろした。

普段の休憩は午後三時前後だが、ついさっき、屋敷のホールにある立派な時計が二つ打つ音が微かに聞こえたので、まだ午後二時過ぎのはずだ。

それに、いつもは塚本に「休憩するぞ」と声をかけられ、お互い近くにはいるが別々の場所に腰を下ろして休むので、こんなふうに近くに来いと言われるのは初めてだった。

「あの、何か？」

てっきり、塚本が何か介助を必要しているのかと思って兎目が問うと、塚本はガッチリした肩を揺すり、「用があったわけじゃねえ。おめえがぼーっとしてたから、気になっただけだ」と言った。

「すみません」

思わず反射的に謝った兎目に、塚本は苦笑いする。

片頬を引きつらせるような不器用な表情だったが、それは出会ってから、塚本が初めて見せた笑顔だった。

驚きを隠せない兎目に、塚本は幾分照れ臭そうに、やはりぶっきらぼうに言った。

「おめえはよく働いてくれるからな。たまにはぼんやりするくらいじゃねえと、こっちが心配にならぁ。いいから、これ飲め」

「あ……ありがとう、ございます」

兎目は素直に言いつけに従い、差し出されたアルミニウム製の水筒を受け取った。

「でも僕、自分の水筒が」

「いいから、遠慮しねえで、ぐーっと飲め。俺のは特製なんだ」

「特製？」

兎目は首を傾げた。

休憩用の水筒には、兎目の分にも塚本の分にも、毎朝、厨房に行き、煮出したばかりの熱々の麦湯を入れてもらっている。

だから、水筒の中身は同じもののはずだ。

しかし、塚本が強い目力で「いいから飲め」と促してくるので、兎目は訝しみつつもねじ式の蓋を外し、水筒に口をつけた。

「ん！」

口の中に流れ込んでくる冷めた麦湯の味に、兎目はつぶらな目を丸くした。

少し焦げ臭い麦の風味だけでなく、軽い塩味と酸味がある。

「塚本さん、これ」

塚本はしてやったりの笑みを浮かべ、勿体ぶった口調で種明かしをした。

「俺の水筒には、とっておきの梅干しを一粒、入れてあるんだ。うめえだろう」

「梅干し！　それで、こんな味なんですね。なんだか、ただの麦湯より、身体に滲《し》みとおるみたいな感じがします。そんなに上等な梅干しなんですか？」

この一週間、実務的な話しかしなかった塚本が、初めて見せてくれた友好的な態度に、兎目は嬉しくなって、つい無邪気な質問を投げかけてしまう。

すると塚本は、あっけらかんとした口調でこう答えた。

「五年前に死んじまった女房が漬けた梅干しなんだ」

それを聞いて、兎目は慌てて水筒を塚本に返そうとした。

「そ、そんな大事なもの！　すみません、僕、何も知らずにごくごく飲んじゃって」

すると塚本は、可笑《おか》しそうに肩を震わせ、水筒を受け取った。

「飲めっつったのは俺だ。そんなに慌てることたぁねえ。女房は若い頃から、毎年、山のように梅干しを漬けてたからな。床下に、まだまだ壺《つぼ》が並んでらぁ。毎日水筒に入れても、俺が引退するまでなくなりゃしねえよ」

「そんなに、ですか？」

「おう。梅仕事は楽しいって、よく言ってたもんだ。なあ、トメ公よ」

「は、はい」

兎目は塚本の隣で畏まる。そんな兎目の姿に、塚本は自分も梅干し入りの麦湯を喉を鳴らして飲んでから、蓋を閉めつつボソリと言った。

「この一週間、何を言いつけてもおめえは口ごたえせず、ハイハイと気持ちよく働いてくれて助かった。いきなり足の悪いジジイの世話は面倒だろうに、嫌な顔一つしねえで、ありがてえこったよ」

「そんなことは。僕こそ、要領が悪くて申し訳ないです」

「見習いに要領よくあれこれされて、たまるかよ」

塚本は水筒を傍らに置き、チョッキの胸ポケットから煙草《たばこ》入れを取り出した。

兎目がイメージする「お屋敷お抱えの庭師」は、地下足袋《じかたび》に法被《はっぴ》という伝統的なスタイルだが、塚本は洋装、つまり、シャツにズボンにチョッキを着用し、緩くネクタイを締め、その上からエプロンをつけている。

いずれも古びて、くたびれた生地だが、よく手入れされ、きちんと継ぎが当たっていて、けっしてだらしない印象は受けない。

どうやら現当主である岩間勘太郎子爵は、屋敷の設《しつら》えに留まらず、使用人の装いについても西洋風が好みであるらしい。そういえば料理番のサトも、普段は着慣れた和服だが、客人の前に出るときはお仕着せの洋服に着替えなくてはならない、面倒臭いとブックサ言っていた。

「俺はよ、あんまし自分から打ち解けるってのが得意じゃねえんだ。だから、おめえから来てくれんのを待ってたんだが、おめえも相当だよな」

塚本は煙草入れを開け、中から両切りの紙巻き煙草を一本取った。

「一本どうだ？」

「い、いえ、僕は、煙草は」

「ったく、お行儀のいいガキでいけねえな。俺なんざ、六歳から吸い始めたぜ」

「すみません」

ただでさえ小さな肩をさらにすぼめて恐縮する兎目に、塚本はむしろ困り顔で「おいおい」と眉尻を下げた。

「別に、おめえが悪いって言ってんじゃねえんだぞ？」

「でも」

兎目も、塚本に負けず劣らずの困惑した面持ちで言い返した。

「すみません、僕、塚本さんに気の利いたことも言えなかったし、仕事も要領が悪いし、たぶん日常のお世話も行き届いてないし、今、せっかく勧めてくださった煙草も吸えないし……」

「おいおいおい」

塚本はいったんくわえかけた煙草をまた口から離し、呆れた様子で兎目の小作りな顔をつくづくと見た。

「んなこたぁねえよ。さっき言ったろ。おめえはよくやってくれてるって。ただよう、もっとガキはガキらしく、厚かましくざっくばらんに喋ってくれねえかって、そういうことだよ」

「それは、たとえばどんな感じで……？」

「あぁくそ、それがガキらしくねえってんだ！」

「す、すみません！」

「じゃ、ねえんだって。謝るな、頼むから」

「でも」

途方に暮れる兎目に、塚本も困り果てた様子で、短く刈り込んだごま塩頭をタオルで拭った。

「おめえは悪くねえ。無茶言って、悪かったな。ただ、俺がこう、口が重いもんでな。ほっといてもずっと勝手に喋ってるような奴のほうが助かるんだよ。ちょっと前までいた弟子もそういうガサツな奴でなあ」

「……その方は、今は？」

「もともと庭師の倅《せがれ》でな。親が身体を悪くしたんで、故郷《くに》に帰った」

「ああ、そうだったんですか」

「で、次が来るまでひとりで頑張らにゃならんと思ってた矢先、ハシゴから転げ落ちたってわけだ。まあ、おめえが俺の弟子になるかどうかはおいといて、来てくれてありがてえ。おめえがどんな奴でもな」

そう言った塚本は、兎目のここに来てから徐々に日焼けしてきた顔をもう一度覗き込んだ。

「まあ、いつまでのつきあいになるかわからん以上、無理にとは言わねえが、もうちっとこう、おめえから喋れよ。おめえのことも、俺ぁ、聞きてえよ。俺も、これまでは様子見で特に何も言わなかったが、訊かれりゃなんだって話すからよう。お互い、もちっと気楽にやろうや」

そう言って、塚本はやはりぎこちない笑顔で、煙草を持ったままの手で鼻の下を擦る。

どうやら、だいぶ照れているようだ。

そんな親愛の情のこもった仕草に、周良の命令とはいえ、塚本を騙《だま》しているような罪悪感で、兎目の胸はキリリと痛んだ。

その一方で、願ってもないチャンスが到来したぞ、とも心が告げる。

(もしかして、ちょっと訊ねてみるくらいなら大丈夫かも?)

兎目は、思いきって塚本に訊ねてみた。

「あの、じゃあ、お訊きしてもいいですか?」

「おう、なんだ」

「お屋敷の人たちのことなんですけど……その、旦那様とか、若旦那様とか」

「ああ?」

それは予想外の話題だったらしく、塚本は今度こそ煙草をくわえ、チョッキの胸ポケットからマッチを出そうとしたところで動きを止めた。訝しそうに目を細められ、兎目はドキドキしつつも、できるだけ自然に、と自分に言い聞かせ、さりげない口調で続けた。

「ほら、僕、お屋敷の中に入ることが滅多にないので、お仕えしている人たちのことも、初日に若旦那様のお顔をチラッと見たくらいで、全然知らないんです。だから、どんな方たちなんだろうなって」

「ああ、なるほどな」

塚本は腑に落ちた様子で、マッチを擦った。少し俯いて煙草に火をつけ、深く煙を吸い込んで、青空に向かって細く吐き出す。

「けどまあ、執事の翠川ならともかく、俺みてえな庭師は、旦那様や若旦那様と顔を合わせることなんざ、滅多にねえからな」

「じゃあ、長くここで働いてらっしゃる塚本さんでも、あんまりよくは……」

「知らねえな。ただ」

ガッカリしかけたところで、思わせぶりな「ただ」を聞き、兎目はつぶらな目を輝かせた。

「何かあるんですか？」

塚本は煙草をくゆらせつつ、ちょっと切なげに遠くを見た。

「若旦那のことは、本当によく知らねえ。庭には興味がおありなさらねえようで、お出ましにはならねえしな。けど、旦那様は……」

「旦那様は、お庭が好きなんですか？」

「いや。ただ、さっき言ったろ。うちの女房が五年前に死んだって。畏れ多いことだが、奥様……つまり旦那様の連れ合いも、その少し前に亡くなったんだ。だから、俺の気持ちがわかったんだろうな。翠川を通して、お悔やみの言葉と共に、こいつを頂戴した。お下がりだ」

話しながら、塚本はもう一度、煙草入れを取り出して兎目に手渡した。

なるほど、あまりまめに磨いていないせいで黒ずんで小汚いが、よく見ると、煙草入れは銀製だった。しかも、蓋には美しいスズランの模様が彫り込まれている。

「直接言葉をいただいたわけじゃねえが、旦那様はきっとお優しいところのあるお方なんだと、俺はそんときから勝手に思ってる」

兎目は、煙草入れを塚本に返し、控えめに同意した。

「きっとそうです。でも、その旦那様は、最近、あまり外出なさらないって」

「おい、おめえ、実は意外とお喋りなのか？　いったいそんな話、どいつから仕入れてきやがった」

「あ、いえ、その……ちょっと小耳に挟んだっていうか」

「なーにが小耳だ。兎目って名前だけあって、兎並みにでけえ耳じゃねえか」

そう言うと、塚本はいきなりこう言った。

「それより、なあ、おい」

そして、館のほうに顎をしゃくってみせる。

話を打ち切られ、兎目は落胆しながらも返事をした。

「はい、お供します」

塚本の動作は、ずいぶん上品な「大便がしたいから、屋敷内部の使用人専用便所についてきてくれ」というリクエストである。

立ったままできる小用ならともかく、脚を骨折していては、大便のとき、庭師小屋の便所でしゃがんで用を足すことができない。

だが、屋敷一階にある使用人専用便所なら、一つだけ洋式の便器が「使用人の勉強のため」据えられているので、塚本は負傷以来、そこを活用している。

ただし、狭い個室の中では、片脚をギプスで固められたまま座ったり立ったりするのが難しいので、兎目の介助が少しだけ必要なのである。

（やっぱり、僕はお喋りが下手だから、上手く話を聞き出すなんて無理なのかな。このまま じゃ、せっかくお屋敷に潜り込んだのに、なんのお役にも立てそうにないよ）

内心ガックリ肩を落とす思いで、それでも兎目は塚本が立ち上がるのに手を貸し、松葉杖で歩く彼に寄り添って、ゆっくりと歩き出した。

使用人専用便所は、食堂の近くにある。食事時は混み合うが、今は中途半端な時間帯なので、他に人影はなかった。

「よ……っと、大丈夫ですか？　もっと僕に寄りかかっても平気ですよ」

細長い便所のいちばん奥まった個室が、洋式便所になっている。

松葉杖を壁に立てかけ、兎目は自分が杖代わりになって塚本のガッチリした身体を支え、便座に座らせた。

「おう、これでいい。ありがとよ」

「いえ。外で待ちますね。終わったら、声をかけてください」

短いやり取りをして、兎目はいつものように便所の外に出ようとした。しかし、扉の向こうから、塚本の低い声が聞こえた。

「窓、開けてみな」

「えっ？」

「窓だよ。すぐそこにあんだろ。細く開けて、外を見てみな」

窓というのは、どうやら便所の突き当たりにある小窓のことを言っているらしい。

塚本の意図がまったくわからないものの、兎目は「はい」と返事をして、言われたとおりにしてみた。

磨《す》りガラスの小窓をほんの数センチ開け、幾分背伸びをして外を見た兎目は、「ん？」と小首を傾げた。

便所の窓は、屋敷の裏手側にあるので、窓を開けた兎目に見えたのは、裏庭と、あとは建物の一部である。

表から見た岩間邸は美しい洋館だが、唯一、和を感じさせるのは、屋敷の裏庭に飛び出すように設えられた、いわゆる「蔵」だ。

ここだけは、洋館から突然、和風建築がにょきっと生えたような奇抜な設計になっていて、今、兎目の目に映るのは、その蔵のなまこ壁だった。

「塚本さん、見ましたけど、特に何も」

「蔵があんだろ」

気張っているのか、塚本はやや力みを感じる小声でそう言う。兎目はやはり不思議に思いながら返事をした。

「ええ、ありますね」

「そこが、旦那様が今、おわすところらしいぜ」

「えっ？」

驚く兎目に、塚本はやはり低い早口で言った。

「窓閉めて、扉に耳当てろ」

「は、はい」

兎目は慌てて言われたとおりにする。扉越しに、塚本の押し殺した声がかろうじて聞こえた。

「お屋敷の脇に、独立した立派な蔵があるからな。こっちの小さな蔵は、あんまり使われてなかったらしい。そこに……まあ、つまるところ、耄碌《もうろく》しちまった旦那様を若旦那様が閉じ込め……ああいや、隠してるらしい」

「耄碌って、どうして」

「腰を悪くなされて、動けなくなったのがいけなかったんだろう。急激におつむのほうが……って話だ。そんな姿を人に見られちゃ、噂はたちまち広まる。若旦那様が貴族院の議員になって、代替わりが無事に済むまで、旦那様は矍鑠としていることにしなきゃ体裁が悪いんだろうよ」

「それは……お気の毒に。お屋敷の主が、蔵に閉じ込められるなんて」

兎目が心底同情していることは、声音で十分に理解したのだろう。塚本は、やや声を厳しくしてこう言った。

「お前はあれこれ言いふらすようなタマじゃねえと思ったから教えたが、あくまでも噂だ。俺だって、この目で確かめたわけじゃねえ。蔵に閉じ込めたっつっても、若旦那様にとっては実の親父《おやじ》だ。粗末にはしてねえだろう。心配はいらねえよ」

「……ええ」

「わかったら、迂闊に余計なことを知りたがるんじゃねえ。やんごとない方々には、俺たちには及びもつかねえ大変なことがあるんだ。それを使用人がほじくっちゃいけねえ。何が飛び出すか知れたもんじゃねえからな。今のでわかったろ？」

どうやら兎目を急に便所に連れてきたのは、「使用人の心得」を説きつつ、一方で兎目の好奇心を少しだけ満たしてやろうという、塚本の優しさだったらしい。

「わ……わかりました」

今聞いた情報は、真偽は不明でも、近いうちに周良に報告しなくてはならない。とても「誰にも言いません」などという嘘はつけない兎目は、ただそれだけ返事をして、スッと個室の扉から離れた。

「んじゃ、外に行ってろ。俺はこれから、でかい奴をひり出すんだからよ。臭《くせ》えぞ」

苦笑交じりのそんな塚本の言葉に、兎目は慌てて「出ます!」と答え、薄暗い便所から飛び出した……。

それから数日後の夕方、兎目は、やや気後れしつつ厨房を訪ねた。

夕食前の、いちばん多忙な時間帯である。

岩間家の人々のための食事は勿論、並行して使用人たちの賄いも作らなくてはならないので、まさにてんてこまいなのだ。

サトの下には、様々な年齢の女性たちが四人いて、サトの指示でいつも黙々と料理をしている。

彼女たちは、兎目と挨拶くらいはするし、興味津々の視線を向けてはくるが、無駄話はどうやらサトに禁止されているようだった。

兎目は、サトが業務中の私語全般を嫌っているのかと思ったが、サト自身は、多忙な中、多少の世間話はしてくれる。どうやらそういうわけではないようだ。

不思議に思った兎目が昨日、その疑問を塚本にぶつけてみると、彼は常識を語る口調で即答した。

「そりゃお前、下っ端を他の使用人と仲良くさせちまうと、食い物を横流しするだろ。いや、食い物だけならまだしも、酒をくすねて渡しちまったりする。だから、サトの奴、自分の手下たちが『お友達』を作らねえよう目を光らせてんのよ」

思いもよらない理由に兎目が驚くと、塚本はニヤッと笑ってこうつけ加えた。

「おめえ、厨房の女どもに好かれそうな顔してっからな。せいぜい可愛がられて、俺のためになんか上等の珍味を……ああいや、やっぱりやめとけ。サトは翠川と仲がいいからな。告げ口されてクビになったら、俺が困る」

（あそこの女の人たちと仲良くなって話を色々訊きたいけど、堂々とやっちゃ駄目なんだよね。サトさんがいるところでは無理か）

兎目はそんなことを考えながら、閉じた扉の窓から、厨房の中を覗き見た。

いつものとおり、彼女たちは広い厨房のそれぞれの持ち場につき、キビキビと立ち働いている。皆、和服に割烹着《かっぽうぎ》を身につけ、布巾で頭をふわりと包むという、お馴染みの姿だ。

（あれ……？）

だが、普段なら誰よりも高速で歩き回り、皆の作業を確認したり、細かい指示を与えたりしているはずのサトが、何やら険しい面持ちで首を振りつつ、広い調理台の上に置いた何かを見下ろしている。

兎目からは、彼女の背中に隠れて、彼女が何を見ているのかを確かめることはできそうにない。

(どうしたんだろう、サトさん)

訝りつつも、サトがじっとしていてくれると、厨房に入って話しかけやすい。兎目はホッとして、扉を軽くノックした。

サトが振り返り、窓越しに兎目の顔を見ると、ああ、というように軽く頷いてくれた。

兎目は扉を開け、厨房に入ってペコリと頭を下げた。

「お邪魔します」

四人の女性たちは、それぞれの場所から兎目に軽くお辞儀を返してくれるが、やはり言葉は発しない。サトも、早くこっちへおいでというように、兎目を大きく手招きした。

「こんにちは、お兎目さん。ちょいと早すぎるよ。まだ夕飯はできてない」

「こんにちは、サトさん。あの、お願いが……あれ、それは」

サトの横にやってきた兎目は、ようやく彼女が難しい顔で見下ろしていたものの正体を目の当たりにして、軽い驚きの声を上げた。

サトもまた、少し驚いた様子で兎目を見た。

「なんだい、あんたはこれが何か知ってんのかい?」

兎目は頷き、迷いなく答えた。

「花椰菜《はなやさい》……あちらの言葉では、カウリフラワー、というんでしたよね」

調理台に置かれているのは、まだ大きな深緑色の葉を何枚かつけたままのカウリフラワー、もといカリフラワーだった。

真っ白な花球はしみ一つなく、こんもりと盛り上がっていて、とても質がよさそうである。

「あれ、こりゃ驚いたね！」

サトは、痩《や》せた顔じゅうで本当に心からの驚きを表現し、女性たちも、意外そうに兎目をチラチラ見てくる。

「いったい、どこでこんなものを知ったんだい？」

「あ、そ、それは」

しまったと、兎目は口ごもった。迂闊な知識を披露してしまったと悔やんでももう遅い。

どう取り繕おうかと戸惑ったそのとき、ここに来る前、秋月がくれた助言を思い出した。

『いいかい、兎目。お前は上手に嘘をつけないんだから、何か誤魔化さなきゃいけないときは、七割ほんとのことをお言いよ。頑張れば、三割くらいは嘘を混ぜることができんだろ？』

（そうだ、七割ほんとのことを……）

兎目は極力平静を装って、こう答えた。

「以前、洋食屋で下働きをしていたことがあるんです。だから……」

その嘘は、特に不自然な点もなくサトに伝わったらしい。彼女は納得した様子で、むしろ期待の眼差しを兎目に向けてきた。

「そうなのかい！　じゃあ、西洋の野菜にも慣れっこかい？」

「慣れっこってほどじゃありませんけど、まあ、少しくらいは」

「じゃあ、この……なんて言ったっけ？」

「カウリフラワー」

「そう、それだよ。料理することはできんのかい？」

兎目は、やや戸惑いつつも、曖昧に頷いた。

「簡単な料理でよければ、ですけど」

すると女性たちが、珍しくわあっとどよめいた。サトも、それを咎めることを忘れ、初めて聞くような弾んだ声を出す。

「ああ、じゃあ、頼むよ。若旦那様のご一家に出せるようなものを、何か作っておくれ。大急ぎでね」

「え？　若旦那様のご一家に出すお料理を、ですか？　僕なんかが？」

「だってさあ、あんた」

これまで、どちらかといえば他人行儀な物言いを保ってきたサトだが、どうやらカリフラワーの調理によほど困っていたらしく、ここにきて突然、とても親しげな口調で訴えてきた。

「若旦那様がどなたかにお貰いになったそうだけれど、こんなもの、あたしゃ料理したことがないんだよ。こりゃきっと、西洋の野菜だろ？　見るのも初めてだから、どこをどう食べていいかもわかりゃしない。それを気軽に、『これを夕食に料理して出しておくれ』なんてさ。冗談じゃないよ」

兎目はそれを聞いて、ビックリしてサトに訊ねた。

「え？　じゃあ、サトさんは、西洋料理は作らないんですか？」

「作れるもんかね！　まあそりゃ、見よう見真似でハムエッグスくらいは作るよ。けど、こんな薄気味悪い野菜はとてもとても」

ヒラヒラと手を振って嫌そうな顔をするサトに、兎目はむしろ困惑の面持ちになる。

「でも、お客様があるときは、西洋料理を振る舞われるのでは？」

「勿論、そうさ。西洋料理は、あたしじゃなく、コックが作るよ。当たり前だろ？」

兎目は驚いて、思わず厨房の中を見回した。

「じゃあ、僕がお会いしたことがないだけで、西洋料理のコックさんがいらっしゃるんですか？」

するとサトは、煩わしそうに鼻を鳴らした。

「いたんだよ、前はね」

「前は？　じゃあ、辞めてしまわれたんですか？」

「お払い箱になったのさ。奥様が亡くなって、若奥様がお台所を預かるようになられたときに、料理番を二人も雇うのは無駄だとおっしゃってね。出番の少ないコックのほうがクビになったんだ。今は、洋食をお出しするようなお客様があるたび、若旦那様がどこかから西洋料理のコックを雇ってきなさるよ」

「なるほど……！」

内心、いいことを聞いたと、兎目の心は躍った。

（それなら、山藤さんがコックとして、このお家に潜り込むことができるかも！）

そんな兎目の喜びには気づきもせず、サトは気ぜわしく柱時計を見た。

「いいから、料理できるんなら、早いとこ頼むよ。今日は若旦那様が早くお戻りだから、六時にお夕食をお出ししなきゃいけないんだ。できるかい？　何か他に必要なものがあれば大急ぎで揃えるよ」

「そう……ですね」

いきなり急《せ》かされて、兎目は必死で記憶の糸をたぐり、そして、山藤が作っていた野菜料理の中から、あまり時間をかけずに作れるものを一つだけ思い出して、パッと顔を輝かせた。

「じゃあ、小麦粉と卵と、あと、カレー粉、それからビイルかサイダーはありますか？　甘くないサイダーがあれば嬉しいんですけど」

「大事に取っておきすぎて、もうまずくなっちまって飲めないって若旦那様がおっしゃったビイルなら、勿体ないからまだとってあるよ。そんなのじゃ駄目かい？」

離れたところにある調理台の前から、初めて年かさの女性が声をかけてくる。兎目は嬉しそうに答えた。

「それで十分です。少し分けてください。それと、まずは大きめの鍋にお湯を沸かして、あと、綺麗な揚げ油を」

今ばかりは、サトではなく兎目の指示に従い、女性たちはいそいそと言われたとおりのものを揃えにかかる。

「この野菜のどこをどうして揚げるんだい？　天ぷらかい？　洋食を作るんじゃないのかね？」

サトは好奇心を全開にして、兎目の隣から離れない。

「この白いところだけを食べるんですよ。残念ですが、葉は固くてちょっと」

兎目はシャツの袖をまくり、両手を綺麗に洗ってから、二個あったカリフラワーの葉をむしり、花球を大きめの一口大くらいの小房に切り分けた。

それから、ぐらぐら沸いた湯で、やや固めに茹で、ザルに上げておく。

カリフラワーがやや冷めるまでの間に、兎目は衣に取りかかった。サトに手伝ってもらって、琺瑯引きのボウルに小麦粉、卵、ビールにほんの少量の油を加え、大きなフォークでよく掻き混ぜ、ドロリとした濃い液体を作る。

それから、フォークに一かけずつカリフラワーを載せて液体に潜らせ、まんべんなく衣を纏わせて、たっぷりの熱い揚げ油の中に次々と放っていく。

ビールの効果で、衣はみるみるうちにふんわりと膨れ、まるで黄金色の小さな雲のようなものが、油の中でぷかぷかとたくさん浮かび、ひしめき合う。

いつの間にか、サトだけでなく、四人の女性たちが兎目の背後に集まり、ニコニコして揚げ油の中を覗き込んでいた。

サトだけは、いかにも腑に落ちない様子で、腕組みして首を捻った。

「やっぱり天ぷらじゃないか」

兎目は、菜箸で油の中のカリフラワーをクルクルと引っ繰り返しながら、笑顔で応じた。

「敢えて言うなら、西洋天ぷらでしょうか。洋天とかフリトーとか、そんなふうに呼ぶみたいです」

「へえ、西洋天ぷらだってさ」

「ここに来るコックさんたちだって、作ったことはないよねえ」

「ないわ」

「いい匂い」

背後から聞こえるかしましい女性たちの声に、兎目はなんだか楽しい気持ちになってくる。西洋天ぷらと聞いて、サトも表情を和らげた。

「なんだい、西洋にも天ぷらはあるのかい？」

「あるみたいですよ。うん、こんなものかな」

サトが差し出してくれた、新聞紙を敷いた上に金網を載せたバットの上に、兎目は次々と黄金色に揚がったカリフラワーを取り出していく。

「お皿を持っといで。大きいのがいいよ」

「はあい！」

サトの言葉に機敏に応じて、いちばん若そうな、おそらくは十代後半の娘が、綺麗な洋皿を一枚持ってきた。

「ありがとうございます」

調理台に置かれたその皿の上に、兎目は油をよく切ったフリトー、もといフリッターを綺麗に山積みした。その上から、カレー粉と塩を合わせたものを気前よく振りかける。

背中でヒシヒシと感じる女性たちの期待の眼差しに促されるように、兎目はわざとバットの上にひとり一かけの計算で残してあったフリッターの上にも、カレー塩を振り、サトの顔を見た。

「あの、お皿に載せきれなかった分は、その……」

兎目に皆まで言わせず、サトはむしろ厳しい顔つきで、きっぱりと言った。

「勿論、皆様がたにお出しするのは、あたしたちが食べてみてからだよ！　あんたはコックじゃないんだ、無条件で信用するわけにゃいかないからね」

「そ、それはそうです。その……どう、うわっ！」

兎目がどうぞと勧めるより早く、四方八方から手が伸びて、フリッターを手で摘《つ》まんでいく。

まだ熱々のフリッターを、ある者は一口で頬張り、またある者は注意深く端っこから少しだけ齧り、口々に「美味しい！」と歓声を上げる。

唯一、厳《いか》めしい表情を崩さなかったサトでさえも、頬を緩めた。

「こりゃ、なかなか乙だねえ。気味の悪い野菜だと思ったけど、食べてみたら旨いじゃないか。芋みたいだけど、芋より軽くて、ちょっと甘みもある。カレー粉がよく合うねえ」

「はい。や……あ、いえ、前菜にピッタリだと思います」

うっかり「山蔭さんは、前菜として作っていました」と言いかけて、兎目は危ういところで言葉を飲み込む。サトはそれを不自然に思うことなく、深く頷いた。

「本当だね。ああ、合格だ。文句なしだよ。さ、これを急いで食卓にお出ししておいで。

食前の軽いおつまみに仕立てました、って申し上げてね」

兎目は一瞬、それが自分に与えられた指示かと思い、チャンス到来と胸を弾ませた。しかし、はいと返事をして、素速くカリフラワーを盛りつけた皿に銀製の蓋を被せ、厨房を出ていったのは、さっき、その皿を持ってきてくれた娘であった。

（だよね。僕なんかに運ばせてくれるはずはないか……）

密《ひそ》かに失望する兎目の肩を抱いて軽く揺さぶり、サトはすっかり打ち解けた様子で声をかけた。

「ありがとうよ、お兎目さん。助かった。これからも、若旦那様が西洋の食材を持ち込まれたときには、あんたのお知恵を拝借してもいいかい？」

「勿論です。その、僕にできることなら、ですけど」

「謙遜《けんそん》はおよしよ」

サトはそう言ってから、ふと何かを思い出したように、兎目から手を離した。

「そうそう、塚本さんとあんたの夕飯も用意してやらなきゃね。ところで、さっき何かあたしに頼みがあるって言ってなかったかい？」

「あ、そうでした！　その、申し訳ないんですけど、塚本さんが、今日は久しぶりに晩酌をしようと思うから、ご飯は要らない、そのかわりにおかずと、何か肴《さかな》になるものをつけてくれって」

それを聞くなり、サトは呆れ顔で腰に手を当てる。

「あれまあ。足の骨を折ってちったぁ大人しくなったと思ったのに、喉元過ぎればなんとやらだねえ。もう飲んじまうのかい」

「すみません！」

「あんたが謝ってどうするんだい」

サトは機嫌よく笑って請け合った。

「いいよ。今日はあんたに大いに世話になったからね。メザシの半端に余ったやつを、焼いてあげるよ。……ああ、ただ、特別だよってよく言っといておくれ。いつも甘えてもらっちゃ困るってね。いいかい？」

鼻先に人差し指を突きつけて念を押され、兎目は「必ず！」と、緊張の面持ちで返事をした……。


その夜、遅く。骨折以来、初めての晩酌にすっかりご機嫌になった塚本は、庭師小屋の茶の間で座布団を枕に、ぐっすり眠り込んでしまった。

兎目は「師匠」を起こさないようにそっと上着を着せかけてやり、極力音を立てないように、ちゃぶ台の上の食器を片づけにかかった。

そのとき……。

コンコンコン。

控えめだが、歯切れのいいノックの音が聞こえた。

兎目はドキッとして塚本を見たが、清酒を冷やでコップ三杯も飲んだ塚本は、目を覚ます気配がない。

兎目はホッと胸を撫で下ろしつつ、片づけを中断して、小屋の扉を開けた。てっきり、使用人の誰かが塚本に用事でやってきたのだと思っていた兎目は、扉の前に立つ人物に文字どおり凍りついた。

そこに立っていたのは、屋敷に来たとき、ほんのひとこと言葉を交わしただけの岩間家の「若旦那様」こと、長男の寿元その人だったのである。

「えっ？　わ……わ、わ、わかだんな、さま⁉」

驚きすぎて、頭を下げることすら忘れ、幼児のようにたどたどしく呼んだ兎目に、寿元は、前回会ったときと同様、快活に笑った。

片手にランタンを持ち、もう一方の手で寝間着の上に着込んだガウンの襟元を寄せつつ、恰幅《かっぷく》のいい寿元は、首を前に突き出すようにして、兎目の顔を覗き込んだ。

（ど、どうしよう。お屋敷の情報を得たいと思ってたのは確かだけど、まさか若旦那様のほうから足を運んでくださるなんて。いったいどういう……）

「あ……あのっ、あの……っ？」

顔面蒼白《そうはく》になり、上擦った声を出す兎目に、寿元はまだ角張った顔に笑みを湛えたままで、こう言った。

「ああ、驚かせてすまん。いや、サトから、あのすこぶる旨いカウリフラワーのフリトーを作ったのは、新しく雇い入れた庭師見習いだと聞いてね。お前なのだろう？」

上手く言葉を発することができず、兎目はガチガチに緊張したまま、かろうじて小さく頷いてみせる。

寿元は、面白そうにそんな兎目の頭からつま先まで眺め回した。

「あれは、庭師の見習い小僧が作るようなものではなかった。揚げ具合が実によかったし、カレー粉をかけるのも垢抜《あかぬ》けた思いつきだ。驚いたし、興味を惹《ひ》かれたものだから、顔を見てやろうと思ったのだ。わたしは、思い立ったが最後、我慢が利かないたちでね。お前の顔を見て思い出した。そういえば一度、会ったことがあるね」

「は……はいっ。ここにご奉公に上がった日に」

「ああ、そうだった。すっかり忘れていた。いやあ、驚いた。あれは本当に旨かったよ。家内も子供たちも、大喜びで食べていた。また貰ってきたら、作ってくれるかね？」

「勿論です！」

兎目は直立不動で答える。もはや、師匠を起こすまいと、声を抑えることすら頭からスッポリ抜け落ちていた。

「それは嬉しいね。お前、洋食屋で見習いをやったことがあるのだって?」

「は……はい。少しだけ、ですが」

「ふむ。そこで見て、技を盗んだ料理というわけか。面白い。塚本の足が治ったら、お前を厨房に入れてもいいね。うむ、それがいい」

自分の思いつきにすこぶる満足した様子の寿元は、「では」と去ろうとして、ふと、濃い眉を軽くひそめ、もう一度、兎目の顔をまじまじと見た。

「それにしても、お前とは以前……いや、先日、お前がここに来たときより前に、会った気がするのだが。どこかで……ううむ」

「い、いえ! まさか、そんなことは」

兎目の顔は今や、紙より白くなっている。全身が細かく震え始めてさえいるが、それを彼が主と相対した緊張から来ていると判断したのだろう。寿元は「怯えずともよい」と、兎目の肩を軽く叩いた。

「あるわけがないな。まあ、お前のような子供の奉公人はいくらでもいる。似たような顔の子がいたのだろうよ。とにかく、旨かった。それを伝えたかっただけだ。ではな」

ポンポンと何度か続けて兎目の肩を叩いてから、寿元は踵《きびす》を返す。

「お、おやすみなさいませ……っ!」

ようやく我に返り、深々と一礼してから、兎目はランタンで足元を照らしながら、屋敷へ戻っていく寿元の後ろ姿を半ば呆然《ぼうぜん》と見送った。

「危なかった……。どうしようかと思った……ああ……」

そんな小さな呟きが半開きの唇からこぼれたことに、今の兎目は気づく余裕すらなかった……。

4

事態が大きく動いたのは、翌日の昼前のことだった。

いつもどおり、しゃがみ込んで花壇の手入れを続けていた兎目は、自分を呼ぶ声に気づいて手を止めた。

(女の人の声？)

「お兎目さーん！　どこですか？」

兎目のことをそんなふうに呼ぶのは、料理番のサトだけだ。

しかし、今聞こえているのは、サトの声ではない。もっと若々しい、弾むような明るい声だ。

(誰だろう)

不思議に思いつつ、兎目は声を張り上げて返事をした。

「ここでーす！」

「あっ、いたいた！　そんなところにいたのね」

背後から声がして、慌てて振り向いた兎目の目に映ったのは、お屋敷の裏手のほうから駆けてくる、ややのっぽの少女の姿だった。

質素な着物の上から、古着を仕立て直したのであろう、酷く柄がちぐはぐな割烹着を着込んでいる。

（あの人は昨日、お皿を出してくれた……）

決して飛び抜けて造作が整っているわけではないが、開けっぴろげで素朴な笑顔が印象的なその少女を、兎目は厨房で毎日のように見かけている。

（名前は知らないけど、料理番のサトさんの下で働いている女の人のひとりだ。見るからにいちばん年下……きっと、僕より少し年上くらいじゃないかな）

兎目は駆け寄ってくる女性の姿を見ながら、植えかけのパンジーの苗にしっかり土をかけ、両手でギュッと押さえてから立ち上がった。

土のついた手のひらをズボンで払ったところで、少女は兎目の前まで来て、息を弾ませつつも安堵《あんど》の笑みを浮かべた。汗ばんだ顔を、首からかけた手拭いでゴシゴシと拭いながら、せっかちな早口で挨拶も抜きにしてこう言った。

「お兎目さん、お願い。あたしを助けて」

「えっ？」

兎目はギクッとした。

若い女性に「助けて」と言われては、須賀原周良が語っていた、「岩間子爵家でこの二年の間に、行儀見習いの少女たちが次々と行方不明になっている」という話が、自然と脳裏に甦《よみがえ》る。

「何かあったんですか？　誰かに追われてるとか？」

思わず問いかけた兎目の顔をマジマジと見て、少女は面食らった顔をしてから、プッと噴き出した。

「なあによぉ、物語みたいなこと言って。追われてるって、こんなお屋敷の中で、誰に追われるっていうの？」

「いや、だって今、助けてって」

「助けてほしいのは、あたしの仕事。あっ、やだ。もしかして、あたしのこと、覚えてないの？」

自分より長身の少女に顔を覗き込まれ、兎目は慌てて半歩後ずさり、答えた。

「いえ、覚えてます。厨房で毎日……でも、お話しするのは初めてです」

「そうよね。そうだったわ。ごめんなさい、あたし、村崎《むらさき》ヨリっていうの。ヨリって呼んで」

「あ、はい。あの、僕は」

「お兎目さん。知ってる。サトさんがいつも呼んでるもん。お勝手で、よく噂になるしね」

今度は兎目が面食らう番である。彼は、つぶらな目をパチパチさせて、自分を指さした。

「僕が、ですか？　噂に？」

「うん。あんたがお屋敷に来た日、庭師見習いに可愛い男の子が来たって噂で持ちきりだったのよ」

「か……可愛い、って」

顔を赤らめる兎目に、ヨリは羨《うらや》ましそうな顔つきをした。

「お人形さんみたいに可愛いじゃない。あたしと顔を取り替えっこしてほしいくらいだわ。あ、そんなこと言ってる場合じゃない」

ヨリはハッと我に返り、顔を引きしめた。

「お願い。お勝手に来て、手伝って。っていうか、助けて！　今日、お勝手にいるのはあたしひとりなのよ。サトさんも、あと二人のお姉さんたちもお休みで」

「え？」

兎目は訝しげに首を傾げた。

「さっき、お昼ご飯のおむすびをいただきに行ったときは、厨房に皆さんお揃いだったのでは？」

「お昼を出して、明日のお昼までお休みなの」

「お昼から、お昼まで、ですか？　変わった休暇ですね」

するとヨリは、いかにもお姉さんぶった偉そうな口調で、両手を腰に当てて言った。

「全然変わってなんかないわよ。お昼を出してからじゃないと、あたしたちお勝手の人間は、休めないじゃないの。そっか、あんたは来たばっかだから、知らないのね」

「何をです？」

「旦那様はね、昔から鰻《うなぎ》が大好物なんですって。だから月に一度、ご一家は夜に鰻の出前をお取りになるのよ。あたしは見たことないけど、きっと、蒲焼《かばや》きとか白焼きとかう巻きとか、美味しいのを豪勢に召し上がるんじゃない？」

「ああ、なるほど。それで、ご一家のお夕食は要らないんですね。だから休みを。でも、使用人の夕食のほうは……もしかして、助けてって、使用人の方々の夕食の支度をお手伝いするってことですか？」

兎目は納得顔でそう言ったが、ヨリは容赦ない顰《しか》めっ面《つら》で「違うわよ」と即座に否定した。

「あれ？　でも、使用人全員の夕食をひとりで用意するのは大変すぎるんじゃないですか？」

「そんなことないわ」

ヨリはこともなげに言った。

「今夜は、おでんだもの。大鍋いっぱいに煮込んであるから、あとは茶飯を炊くだけ。それなら、あたしだけでもできるでしょ。いちばん下っ端だから、みんなと一緒には休ませてもらえないの。明日の朝ごはんのお支度までは、あたしひとりでやんのよ」

「それは……大変そうです」

「大変そう、じゃないわよ。大変なの。それを手伝ってくれるってんなら、断りはしないけど、さしあたっては今よ！」

戸惑う兎目をよそに、ヨリは少女らしい甲高い声でまくし立てた。兎目は、少し離れた木陰で、低木の枝を剪定《せんてい》している師匠の塚本を気にしつつ、かといって会話を無作法に切り上げることもできずに、控えめに問い返した。

「今、ですか？」

「今よ。実はね、今日は若旦那様が会社からお早く戻られて、お屋敷でお仕事をなさるそうなの」

若旦那様と聞いた途端、兎目の心臓が小さく跳ねた。

昨夜、突然、庭師小屋を訪ねてきた寿元の快活な笑顔が、素速く脳裏を掠《かす》める。

「わ……若旦那様って、寿元様？」

「そうよ。他に誰がいるっていうの？」

不思議そうなヨリに、兎目は躊躇しながらも、思いきって小声で訊ねてみた。

「だって、寿元様は、本当はご次男だったんでしょう？　ご長男がいらっしゃるって」

それを聞くと、ヨリはちょっと悪い顔でニヤッと笑って、兎目の二の腕を小突いた。

「あんた、お利口そうな顔に似合わず、意外と噂好きね？」

「あ、いえ、僕はそんな」

「いいのいいの、お屋敷勤めの人間はみんな、そういう話が好きなもんよ。なんだ、ちょっとホッとした。お兎目さんでもそうなんだ」

勝手に納得した様子のヨリは、それでも塚本に聞こえないように声を落として、「でもこんな話、大きな声でしちゃ駄目よ」と断ってからこう言った。

「確かに、ほんとのご長男は信守様って方よ。体が弱くて、跡継ぎを寿元様にお譲りになったって話。ずっと独り身だっていうから、ホントに弱かったのね。男って、どんなに病弱でも、やることはきっちりやるじゃない？　ねえ？」

囁き声で生々しい話をされ、兎目は顔を真っ赤にして言葉に詰まる。そんな初心な反応に、ヨリは年上の少女らしい優越感を露わに話を続けた。

「いやあね、この程度のことで、そんなに照れないでよ。こっちが恥ずかしくなっちゃうじゃないの。だけどね、あたしはここに一昨年《おととし》来たけど、信守様のお姿を見かけたことはないのよ」

「えっ？　一度も、ですか？」

「うん、いっぺんもないわ。サトさんが言うには、お体の具合がよくなくて、長らく伏せってらっしゃるってことだけど」

伝聞とはいえ、屋敷の使用人から初めてもたらされた具体的な信守の情報に、兎目は逸る気持ちをぐっと抑え、必死で平静を装った。

「それは心配ですね。じゃあ、お食事とかは」

「勿論、サトさんが毎食用意してるけど、運んでいくのは執事の翠川さんだもの。身の回りのお世話も翠川さんがなさってるみたいよ。他の使用人は、お部屋に入れないみたい」

「……どうしてでしょう」

「さあ、知らないわ。気難しいお方なんじゃないの？　病人はみんなそんなもんでしょ？　旦那様だって……大きな声じゃ言えないけど、みんな知ってる。ボケちゃってるみたいだし。あ、これはホントに口に出しちゃダメよ」

兎目に年長者らしく厳しい口調で釘を刺してから、ヨリは話を本題に戻した。

「そんなことより、とにかくすぐに来て、力を貸してよ。さっきも言ったように、今日は若旦那様がお屋敷にいらっしゃるんだから」

「それが？」

ヨリは、本当に困ったと言いたげに、両手を腰に当てた。

「若旦那様は、三時になったら、お茶とお菓子の代わりに、葡萄酒を召し上がるんですって。何か洋風の気の利いたおつまみをご用意するようにって、翠川さんが言っていかれたの」

微妙に執事の厳めしい物言いを真似て、ヨリはいきなり兎目の手を両手でギュッと握りしめる。

「うわっ」

「いちばん下っ端で、まだ味つけなんてろくに任せてもらえないあたしに、何が作れるっていうのよ。しかも洋風の！　気の利いたおつまみなんてさ！　あたりめを炙《あぶ》るとか、メザシを焼くくらいならお茶の子さいさいだけど、洋風じゃないじゃない？」

「そ、それは、ええ、はい」

「だから、あんたよ！　あのカウリフラワーの天ぷら？　なんだっけ」

どうにかヨリの手を丁重に振り払い、兎目は上擦った声で答える。

「フリトーです」

「そう、それ！　若旦那様がいたくお喜びだったっていうじゃない？　サトさんが、やっぱりあの子の手を借りたあたしは冴《さ》えてるって、自分の手柄みたいに鼻高々でさ。それを思い出したのよ。あんた、お勝手に来て、今日も手伝って。何か、洋風の気の利いたおつまみとやらをささっと作ってちょうだいよ」

「えええ！　でも僕、料理人じゃないですし」

「昨日は、料理してたじゃない！」

「それはサトさんの頼みは聞けても、あたしの頼みは聞けないってのぉ？」

「そんなことはないですけど、僕はほんとに」

いくら「しのびパーラー」で山蔭の手伝いをしているといっても、自分が主になって料理をしたことはない兎目である。青い顔で辞退しようとしたそのとき、どうやら、ヒソヒソ話以外はおおむね二人のやりとりを聞いていたらしき塚本が、こちらに背中を向けたまま、ボソリと言った。

「行ってやんな。女の頼みを断る奴があるかよ」

「ええっ？　でも塚本さん、お庭の仕事が」

食い下がろうとした兎目のほうにようやく首を巡らせ、塚本は、くわえタバコの先端を上下させながらぶっきらぼうに言った。

「庭は逃げねえ。一日二日、仕事が遅れたって、どうってこたぁねえよ。けど、若旦那のご要望は待ったなしだろ。そっちのほうが大事だ」

力強い援護射撃に、ヨリは嬉しそうにピョンと飛び上がった。

「そうよ！　そのとおり！　いいこと言うわね、塚本さん。今度、サトさんからいいお酒でも差し入れてもらうわ。約束する」

「おう、楽しみにしてるわ」

塚本はニヤッと笑って、再びふたりに背を向け、自分の作業を再開する。

ヨリは勝ち誇った笑みを浮かべ、再び強引に兎目の手を取った。

「ほら、師匠がいいって言ってんだから、早く来て！」

「でも、ほんとに僕、料理は素人……うわああ」

皆まで言わせず、ヨリは兎目の手を引いて屋敷の勝手口に向かって歩き出す。

「あのっ、できるだけ早く！　戻りますからっ」

塚本の丸まった背中にどうにかそれだけ言って、兎目はなすすべもなく、ヨリに引きずられるようにして厨房へと向かった。


なるほど、ヨリの言うとおり、いつもは女性たちがキビキビと働き、常に大鍋に湯がグラグラと沸き立っているはずの厨房は、ガランとしていた。

最新式のガスコンロの上でほんわり湯気を立てているおでんの大鍋からいい匂いだけが漂ってくるせいか、まるで乗組員が突然消えてしまった船のようで、なんとなく空恐ろしい。

「ほら、何を入り口でぼやぼやしてんの。早く」

先に厨房に入ったヨリに促され、兎目は厨房に入り、差し出された割烹着に袖を通した。

袖口に派手な焼け焦げがあるが、サイズはちょうどいい。

タイル張りの流しで手を洗い、兎目はなおも戸惑い顔であたりを見回した。

「あの、材料は何か……」

「何かって、何が要るの？」

「何がって。ええと、たとえばお肉や魚は」

「今日は、新鮮なお肉はないわね。コーンビーフの缶くらいかしら。お魚も、明日のお昼用の塩鮭《しおじゃけ》くらい。ああ、あとは茹でた小海老《こえび》がちょっとだけ。昼の残りのやつ」

「塩鮭か小海老……野菜は？」

「野菜は色々。あんたが今朝《けさ》、持ってきてくれたのとか」

そう言うと、ヨリは足元に置かれていた大きなかごを引き寄せた。

なるほど、中には主に根菜の類《たぐい》があれこれ入っている。土つきの立派な牛蒡《ごぼう》や綺麗に巻いた白い百合根《ゆりね》は、屋敷の菜園で育てていないものだ。おそらく、近所の八百屋に持ってこさせたものだろう。

「このあたりを、好きに使っていいんですか？」

「少しならね。皆さんのお菜が作れないほど使われちゃ困るけど。だって、若旦那様おひとりのためのおつまみでしょ？　量は要らないはずよ」

「……そうですよね」

「いいから、早く決めて。もう作り始めないと、お三時に間に合わないでしょ」

見れば、時計はすでに午後二時になろうとしている。確かに、一刻の猶予もない。

「うわあ、どうしよう」

兎目は、昨日よりさらに切羽詰まった気持ちで、必死で記憶をたぐり寄せた。

日頃、山蔭はいわゆる「酒の肴」を客に提供することはない。「しのびパーラー」は、あくまでも食事を楽しんでもらう場所だからだ。

しかし、我が儘《わがまま》なオーナー、須賀原周良が来店したときだけは、「困った御仁だ」と渋い顔をしつつも、求められるままにあれこれとつまみの類を作っていた。

(あのとき、山蔭さんが手早く作っていたものの中で、今、ここにある材料で作れそうな料理は……)

ハッとあるメニューを思い出し、兎目はヨリに訊ねた。

「チーズと牛乳、それにバタはありますか? あと、パンも少し。古くて固いほうがいいんですけど」

「あるわよ。若旦那様ご一家は、朝はたいていパンだから。今朝の残りもあるけど、古いほうがいいの?」

「はい」

「じゃあ、三日前のがある。池の鯉《こい》にやろうと思ってたんだけど、別にいいわ」

「ありがとうございます。あとは、メリケン粉と片栗粉、塩と胡椒《こしょう》と揚げ油を用意してください。あと、オーブンはありますよね？　火をいれておいてもらえますか？」

「はあい。オーブン、あるわよ。なんでも、英国製なんですって。すぐ、薪《まき》を入れるわね。面倒だけど、そのくらいはするわ」

「お願いします」

ヨリに指示を出すと、兎目はおがくずの中に半ば埋もれた小さめの百合根を二つ取り出し、おがくずを綺麗に洗い流してから、一枚ずつ剝いで、外側の黒ずんだ傷の部分を包丁でそぎ取った。

それから、小鍋に水を注ぎ、百合根を入れて火にかける。

「言われたものは全部出したわよ。あら、百合根」

「はい。茹で上がったら、潰して片栗粉を少しだけ混ぜてください。小さじに一杯もあれば十分です。固かったら、お酒をちょっと振りかけて」

「わかった。百合根で洋風のおつまみなんて、作れるの？」

「幾分、洋風に見えるかなってくらいですけど」

応じながら、兎目はすり鉢に拳の半分くらいの固いパンを砕いて割り入れ、すりこぎでガシガシと潰し、いわゆるパン粉の状態にした。そこに大さじ五杯のメリケン粉、おろし金でガリガリおろした固いチーズを一摑み分、それに大さじ一杯分くらいのバタと塩胡椒を合わせ、よく練り混ぜてから少しずつ牛乳を垂らし入れ、手早くしっかりした生地にまとめた。

「あらま、手慣れたもんじゃないの」

すぐに柔らかくなった百合根を小振りな鉢に入れ、小さなすりこぎで潰しながら、ヨリは興味津々の視線を兎目の手元に注ぐ。

「そんなことはないです。本当は少し生地を寝かせるほうがいいんだが……って言ってましたけど、そのままでもいけるそうなので、僕もこのままで」

「誰が言ってたの?」

「山か……あ、いえ、僕の雇い主です」

「ああ、コックさん。あんた、洋食屋で働いてたんだもんね。ねえ、百合根はこんなもんでいいかしら。片栗粉を入れて……お酒もちょっぴり入れたほうがいいわね。あとは?」

「塩をほんの一摘まみ。それから、茹でた小海老を二つくらいに切って、混ぜ込んでください」

「わかった。もう、あるだけ使っちゃうわね。若旦那様にお出しするんだもの」

小海老を何尾使うか、などという面倒な質問はせず、ヨリはテキパキと作業を進めてくれる。

そんな彼女を頼もしく思いつつ、兎目は本来はうどんを打つための麺棒で生地をのばし始めた。長すぎる綿棒に手を焼きながらも、どうにか、厚さ五～六ミリに四角く伸ばすことに成功する。

（あとは……山薩さん、このくらいの長さに切ってたと思うんだけど）

残ったチーズを粉状に削りながら生地にパラパラと振りかけ、手のひらで押さえて馴染ませてから、兎目は生地を一センチ幅、十センチ長くらいに切り分け、天板に並べた。

オーブンはなるほど和箪笥《わだんす》ほどある立派なもので、どうやらオーブンだけでなく、上部には鍋を置いて加熱したり、料理を保温したりする機能もあるようだ。

（店にあるのとよく似てるな。いくらお屋敷でも、こんな立派なオーブンがある家は珍しいんじゃないだろうか）

オーブンの扉を開け、さっと手を入れて中の温度を確かめた兎目は、ほんの数秒だけ熱を逃がして温度を下げてから、天板を中に入れ、扉を閉めた。

薪を入れるタイプのオーブンでは、温度の微調整にはかなりコツがいるに違いない。不慣れな自分よりヨリに任せたほうがいいと考えた彼は、作業を交代することにした。

「焦がさないように焼き上げればいいのね？　温度は今くらい？」

「はい、今くらいがちょうどいいです。たぶん、十分やそこいらで焼き上がるはずですから」

「わかったわ。任せといて」

ヨリはガサガサと火ハサミで燃えている薪を掴み、置き位置を調整し始める。

兎目は揚げ油を入れた鍋を火にかけると、潰した百合根と海老を混ぜたものを、小さな団子に丸め、片栗粉をまぶしてカラリと揚げた。

油をよく切って洋皿に並べ、ぱらりと塩を振って、それぞれに爪楊枝《つまようじ》を刺しておく。

以前、同じものを山蔭が出したとき、周良が笑って「あんかけにすれば和だが、ソースとレモンを添えれば洋と言い張れるね」と言っていたのを思い出し、ウスターソースとくし切りのレモンを添えてみる。

ちょうどそのタイミングで、ヨリが専用のハンドルを使って、天板を取り出した。

「焼けたわよ」

「どうですか?」

兎目は少し心配そうに、木製の調理台の上に置かれた天板に駆け寄った。

ほんの少し端っこが焦げたものも数本あるが、おおむね上出来な焼き上がりである。

「ねえ、焦げたやつ、味見していい?」

ヨリが目をキラキラさせてそう言うので、兎目は笑って頷いた。

「はい、是非」

「やった! 熱ッ」

小さな悲鳴を上げながらも、食い気が勝ったのだろう、ヨリは焼き上がったスティック状のものを指で摘まみ上げ、ふうふうと一生懸命吹き冷ましてから、注意深く齧った。

もぐもぐと咀嚼《そしゃく》する少女の顔を、兎目は不安と期待の入り交じった表情で見守る。

「どうですか？」

「うん、美味しい！　香ばしいのね。チーズ、あたしはあんまり好きじゃないけど、こうしたら食べられる。お煎餅《せんべい》みたい。なんていうの、これ」

「チーズストローズ、っていうんだそうです。英国紳士のおつまみだとかで」

「ふうん！　それじゃきっと、若旦那様がお喜びだわ。百合根のお団子も美味しそう。でもそっちは、つまみ食いするほどはできなかったのね？」

「残念ながら」

「ほんと残念。ソースをたっぷりつけて、ぱくっといってみたかったわあ」

心底悔しそうにそう言ったヨリに、兎目は今さらながらの質問を投げかけてみた。

「あの、ところでヨリさん、僕と話してよかったんですか？　その、僕の思い違いだったら申し訳ないんですけど、これまで」

すると、料理が冷めないよう、保温用の熱湯を入れた銀製の台に皿を置き、やはり銀の覆いを被せながら、ヨリは片手をヒラヒラさせた。

「あんたは身持ちが堅そうだし、いい子みたいだから喋ってもいいよって、昨日、サトさんからお許しが出たのよ。あたしたち、あんまり他の使用人たちと仲良くしないように、サトさんと翠川さんから言われてるのよね。特に、あたしみたいな若いのは」

兎目は、ゴクリと唾を呑み込んだ。

ヨリはお喋り好きなようだし、サトが不在な今が、彼女から情報を引き出す絶好のチャンスであることは確実だ。

とはいえ、焦って質問を繰り出しては、不審に思われ、警戒されてしまうかもしれない。せっかく昨日、サトの信頼をある程度勝ち得たというのに、ヨリから悪く告げ口されてしまっては、元も子もなくなってしまう。

(どう話を進めれば、知りたいことが聞けるだろう)

迷う兎目の耳に、ここに来る前、秋月から貰ったアドバイスの一つが甦る。

『いいかい、お前だって、あれこれ詮索されたら嫌だろ? まずは聞き上手になるこった。相手がほしい質問をくれてやんな。で、気持ちよく喋ってもらって、その中から必要な情報を拾い出すんだよ。無精して、必要なことだけ聞きだそうなんて思うと、失敗するからね』

(相手が……ヨリさんが、気持ちよく喋れるような質問ってなんだろう)

悩みながら、兎目は、自分がいささか苦手な分野の質問をしてみた。

「それって、もしかして」

「うん? なあに?」

「特に、男の使用人と、って意味ですか？　つまり、その……ヨリさんが魅力的だから、相手をその気にさせてしまうとか、そういう」

純朴な兎目にとっては、最大限に努力してもその程度の問いかけになってしまうのだが、大いに恥じらいながらの質問は、ヨリを思った以上にいい気分にさせたらしい。

彼女はうなじできっちりしたお団子にまとめた髪を気取った仕草で撫でつけ、どこか嬉しそうに顎をつんと反らした。

「嫌だ、ウブだと思ったのに、ずいぶん思わせぶりなことを言うじゃないの、お兎目さんったら」

「ち、違います！　僕はそんなつもりじゃ」

兎目は慌てて両手を突き出したが、ヨリは「いいのいいの、お年頃だもんねえ、あんたも」とお姉さんぶった発言をして、着物の襟元に触れた。

「ま、あたしたちはみんなの食事を作るから、食べ物とかお酒とか、仲良くなった使用人仲間に横流しされちゃ困るでしょ？　それがいちばんの理由。あとは……」

「あとは？　やっぱり、恋仲に、ってことですか？」

「まあ、それは……使用人同士で夫婦になることなんて、珍しくはないのよ。それはそれで、夫婦揃って末永く勤めたほうが、お屋敷でも助かるでしょ？」

「確かに」

「だけど、なんていうか、今は、お勝手だけじゃなく、他の仕事をしてる若い女みんなに、あんまり男の使用人たちと口を利かないようにって、翠川さんが厳しく言ってるのよ。その、つまりね、あんたは来たばっかりだからさすがに知らないだろうけど……」

言ったものかどうか迷うように、ヨリは首を左右に軽く倒して口ごもる。

逸る気持ちをグッと抑えて、兎目は声を落として、できるだけさりげなく言ってみた。

「もしかして、恋愛関係で使用人同士が揉《も》めたことでも？」

するとヨリは、むしろホッとした様子でかぶりを振った。

「そんなの、よくある話よ。そうじゃなくて、あたしがこのお屋敷に来た頃から、三ヶ月前までに……その」

ヨリは素早く周囲に視線を走らせ、誰もいないことを確認してから、兎目の耳元に口を寄せ、囁いた。

「若い女の使用人が四人も、行方知れずになってるの」

「ええっ？」

兎目は驚いてみせたが、実際、心臓が口から出そうなくらいバクバク脈打ち始めて、軽く気持ちが悪いほどだ。

（若様がおっしゃってたこと、ホントだったんだ）

「それって、本当に？」

兎目が掠れ声で訊ねると、ヨリも真顔で深く頷いた。

「ホントよ。三人はよく知らない人たちだけど、最後のひとりは……三ヶ月前にいなくなったのは、あたしと仲良しだった行儀見習いの子。大阪から来てて、まだ十五で、人懐っこくて犬っころみたいに可愛い子だった。お休みの日には、一緒にお汁粉食べに行ったりしたものよ」

「その人は、どうしていなくなったんですか？」

「わかんないから、みんな薄気味悪く思ってるんじゃないの。男でもできて、駆け落ちしたんじゃないかって言う人もいるけど、そんな子じゃない。あんたと同じくらいウブだった。前の日に顔を合わせたときだって、普通に次のお休み、お芝居を見にいかへん、なんて誘ってきたのよ。あたしにひとことの相談もなく、急にいなくなるなんて信じられない」

そのときのことを思い出したのか、ヨリはブルッと身を震わせ、自分の二の腕をさすった。

「連絡は、ないんですか？」

「ないの。ハガキの一枚も来やしない。どこでどうしてるんだか。元気にしてればいいんだけど……もし」

「もし？」

さらに兎目が追及してみようとしたとき、ガチャリと厨房の扉が開いた。二人はハッとして身体を離す。

姿を現したのは、執事の翠川だった。

高齢にもかかわらず、その足取りは実に確かだ。

今日も燕尾服をきちんと着こなした痩軀《そうく》の老人は、厨房に入ってくるなり、険しい目つきでヨリと兎目をジロリと見た。

「す、すみません、翠川さん。お兎目さんに、若旦那様に出すおつまみの支度を手伝ってもらっていて、その、余計なお喋りなんて全然してません！　ええ、全然！」

ヨリは慌てふためいた様子で弁解を試みる。

そんな言いかたをすると、逆に逢《あ》い引《び》きでもしていたような気配が生まれてしまい、兎目はきまりが悪くてモジモジするばかりだ。

翠川は顰めっ面のまま、綺麗に整えた真っ白な口ひげを指先でスルリと撫でた後、厳めしい声で言った。

「まったく。本来ならば、庭師見習いを二日連続で厨房に入れるなど、厳しく叱責すべきことではあるが」

「も……申し訳ありません！」

兎目はガバリと頭を下げた。ヨリに頼まれたからそうしただけのことだが、今、翠川の怒りに触れ、屋敷を追い出されては元も子もない。

とにかく謝って許してもらわなくてはと、兎目はこれ以上すると前につんのめるというほど、頭を深く垂れる。

しかし、彼の耳に届いた翠川の声は、溜め息交じりで、「やれやれ」と言わんばかりの調子を帯びていた。

「まったく、若旦那様も、お遊びが過ぎる。多忙を極めていらっしゃるのに、何ゆえ、あもあれこれとご興味を持たれるのやら」

「えっ？」

首を縮こめて叱責を待っていたヨリも、焦っていた兎目も、同時に驚きの声を上げる。

顔を上げた兎目が見た翠川は、皺深い顔に、なんとも言えない苦笑いを浮かべていた。

「昨日、お前が作った……なんと言ったかね？」

「カウリフラワーの、フリトー、です」

おずおずと答えた兎目を指さし、翠川は頷いた。

「それだ。若旦那様は、それがいたくお気に召されてな」

知っています、という言葉を、兎目は危ういところで呑み込んだ。

昨夜、庭師小屋まで寿元が足を運んだことを告げては、翠川老人が卒倒しかねない。話をややこしくしないよう、兎目は賢明にも沈黙を守り、ただ小さく頷いた。

そんな控えめな態度に満足したのか、翠川はやはり口ひげを弄《いじ》りながら、こう続けた。

「そこで、今日は料理番のサトが休暇を取る日であることをご存じの上で、ちょっとしたご無理を仰せになったのだ。ひとり残されたヨリが、きっとお前に助力を求めるだろうと踏んでね」

話の方向性をいち早く理解したヨリは、「あー！」と高い声を上げ、慌てて口元を両手で覆った。

そんなお喋りな少女をジロリと睨んでから、翠川は銀製の台に視線を落とす。

「どうやら、お前の料理を再び召し上がってみたいとお思いになったようだ」

「それで若旦那様、あたしにそんなもの作れないってわかってらっしゃるのに、洋風のおつまみ、なんて？」

「うむ。いささかたちの悪いお遊びだ。さて、そのみすぼらしい割烹着を脱いでついてきなさい、兎目」

いきなりそう命じられて、兎目は驚いて自分を指さす。

「僕が、ですか？　どこへ？」

「決まっているだろう。料理を若旦那様へお出しするのだ。本来はお前なぞに許されることではないが、若旦那様が特にと仰せだ。早くしなさい」

「は……はい！」

ヨリの心配そうな視線を受けつつ、兎目は大慌てで割烹着を脱ぎ捨てた。翠川に指摘されないうちに、チョッキのボタンをすべて留めて、裾を引っ張り、できる範囲で身なりを最大限に整える。

「本当ならば着替えてきなさいと言うところだが、そんなことをしていては、料理が冷めてしまう。そのままでよかろう。さ」

そう言うと、翠川は銀のトレイに保温用の台ごと料理を載せ、厨房から足早に出て行く。

「お兎目さん、凄い！　若旦那様に、直接お褒めの言葉をいただけるなんて。頑張って！」

「は……はいっ」

ヨリは、兎目の背中を手のひらでパンと叩いて気合いを入れてくれる。

本当に褒められるかどうかは別にして、寿元と再び顔を合わせることができ、しかもそれをお膳立てしたのが彼自身だということは、兎目にとっては僥倖《ぎょうこう》と言うしかない。

（この好機を、逃さないようにしなきゃ。でも、どうやれば……）

胸の中には不安と迷いと恐怖が渦巻いているが、ここには山蔭も秋月もいない。兎目がひとりで頑張るしか、道を拓《ひら》く方法はないのだ。

「頑張ります」

ヨリに小声で応《こた》え、兎目は大いに混乱したまま、翠川のピンと伸びた背中を小走りに追いかけた。

翠川は、両手でしっかりとトレイを持ち、優雅な曲線を描く階段を上がっていく。床も階段も大理石のタイル敷きなのに、翠川は猫のように静かに歩く。

(革靴を履いているのに。凄いなあ)

まるで「草の者」のようだと感じた兎目は、自分も足音を立てずに歩こうと努力してみたが、古びた、少し大きすぎる革靴は、びたびたと無様な音を立ててしまう。

途中、廊下を掃除中のメイドたち数人とすれ違ったが、皆、翠川には恭しく挨拶をするが、兎目には遠慮なく好奇の眼差しを投げかけてくる。

皆、新入りの庭師見習いの噂は知っているのだろう。そして、そんな少年が執事に連れられ、主一家の生活スペースである二階にやってきたことを、不思議に思っているに違いない。

(二階に来たのは、これで二回目だ。次がいつかはわからないから、間取りをしっかり覚えておかなくちゃ)

兎目は、広い屋敷の内部をしっかり覚えておこうと、視線をあちこちに走らせる。

前を歩いている翠川には、そんな兎目の行動は見えていないはずなのに、「キョロキョロしないで歩きなさい」といきなり言われ、兎目は危うく「ひゃっ」と声を上げてしまいそうになった。

「す、すみません。つい、物珍しくて」

「言い訳はよい。若旦那様の前では、じっと頭を垂れていなさい。自分から口を利かず、若旦那様が質問なさったことだけに、手短に謙虚に答えるように。よいかね」

「はいっ」

「うむ」

歩くスピードは少しも落とさず、翠川は長い廊下を歩いていく。

兎目はもはや心臓が胸を突き破って出てくるのではないかと危惧《きぐ》しながら、それでも控えめに周囲をチラチラ見つつ歩いた。

「こちらが、若旦那様の書斎だ」

やがて、重そうな木製の扉の前で、翠川は足を留めた。

初日にやはり翠川について歩き、教わった、主人一家の寝室があるほうとは反対側の一角だ。おそらく、二階のこちら側に、一家の主の仕事にかかわる部屋が集められているのだろう。

そう推測しながら、兎目は緊張を少しでも解そうと、チョッキの上から、胸元に手を当てた。静かに深呼吸して、臍《へそ》のあたりに力を込める。

「くれぐれも、失礼のないように」

重ねて念を押してから、翠川は扉を軽やかに三度、絶妙の力加減でノックした。

数秒の間を置いて、「入りなさい」と寿元の声がする。

「失礼いたします」

翠川は扉を開けて書斎に一歩入ると、まずは深々と一礼した。兎目もつられて、まだ廊下にいるというのにペコリと頭を下げてしまう。

「さ、お前も」

低く囁いて、翠川は室内に歩を進めた。兎目も、おずおずと執事に従う。

書斎は、思いのほか小さな部屋だった。といっても、十畳ほどはあるだろうか。

革張りの立派なソファーとどっしりしたテーブルが置かれた応接スペースが入ってすぐの場所にあり、その傍には暖炉が設えられている。

今は暖炉に火の気はないが、雪のように白い大理石でできたマントルピースの上には、左右対称に、彩色の美しい中国の壺や、金色の燭台《しょくだい》などが飾られていた。

書斎というわりには書棚に並ぶ本は決して多くないが、いずれも分厚く、金銀の箔押しが施された美しい背表紙のものばかりだ。

おそらく、実際に読むためというより、部屋の装飾品として収集された本ばかりだろう。

その代わりと言うわけではないのだろうが、書棚の横には書類を並べるための低い棚が置かれ、そこには山のように書類が詰め込まれている。

そして、この部屋の主、そして近い将来、この屋敷の主になる予定の男、岩間寿元は、巨大と形容してもいいほど大きな執務机に向かい、厚く積み上げられた書類を前にしていた。

「やあ、翠川。もう『お三時』かね？」

「さようでございます。あまり根を詰めては、お身体に障りますよ、若旦那様。しばしお休みくださいませ」

そう言いながら、翠川は応接机の上にトレイを置いた。それからキャビネットを開け、濃い緑色の葡萄酒の瓶と、ステムに美しいカットが施されたワイングラスを取り出す。

さすがに、屋敷の若主人の食卓を整える作業に、庭師見習いの自分が手伝いを申し出るわけにもいかず、兎目は部屋の入り口近くに突っ立ったまま、モジモジしているしかない。

そんな兎目に、立ち上がった寿元は、気障なウインクをして、ニヤッと笑ってみせた。

どうやら、「昨夜のことは、翠川には黙っておけ」という意味合いの合図らしい。

翠川が自分に背中を向けているのをいいことに、兎目は無言で、こくこくと何度も頷いた。

「いやいや、またお前がよいものを拵《こしら》えてくれたのか。昨夜のカウリフラワー料理は、じつに旨かった。今日も楽しみだな」

そう言いながら、寿元は応接セットのほうへやってきて、詰めれば四、五人座れそうな大きなソファーのど真ん中にどっかと腰を下ろした。

仕事から帰って着替えたのだろう、寿元はジャケットは着ておらず、いささか遊び心のある千鳥格子のチョッキを、あまり糊《のり》を利かせていないシャツの上に着ていた。前ボタンも留めておらず、いささかルーズな、くつろいだ服装だ。

「お昼間のグラス一杯の葡萄酒は、血の巡りをよくし、滋養をつけ、よい薬になりましょう。ただし、二杯より先は、毒でございますよ」

そんな小言めいたことを慇懃な口調で言いつつ、翠川は、寿元の前に置いたワイングラスに深いルビー色をした葡萄酒を注ぐ。

「ああ、一杯だけにするとも。だからもっとなみなみと注いでくれ」

「名君たるもの、欲を掻いてはなりません」

おそらく、寿元が幼い頃から、屋敷に仕えているのだろう。翠川の口調には、主君というより愛すべき「坊ちゃん」に対するような、兎目たち使用人には決して向けられない愛情が感じられる。

「やれやれ。いくつになっても、翠川には頭が上がらんよ。ええと、お前は……すまない、名はなんといったかな？」

「兎目、兎目です。や……山田《やまだ》、いえ、山中兎目です」

緊張のせいで、あやうく偽の名字を間違えそうになりつつ、兎目は直立不動で名乗った。

「とめ？　女のような名だね。どんな字を書くんだい？」

「兎に、目です」

寿元は、小さな目を糸のように細くし、大きな口で笑みを作った。

「なんと。お前の親は、ずいぶんと酔狂だったのだろうな。そんな名の男に合ったのは初めてだ。なあ、翠川」

「さようで」

翠川も短く同意し、兎目に向かって、扉のほうへ軽く顎をしゃくった。

もう挨拶は済んだのだから、退出するように、という合図だ。

（ああ……。若旦那様の書斎にようやく辿り着けたのに、何もできずに戻らなきゃいけないのか）

ガッカリしながらも、兎目は寿元に頭を下げた。

「では若旦那様、僕はこれで……」

しかし、寿元はグラスに軽く口をつけてから、こう言った。

「翠川、しばらく席を外してくれ」

「……は？」

それは、老執事にとっては思ってもみない指示だったのだろう。兎目の前で、翠川は初めて驚きと困惑を露わにした。

しかし、寿元は平然としてこうつけ加えた。

「わたしは兎目と話がある。お前に隠しごとをするわけではないが、お前がいては、兎目が萎縮するだろう」

(若旦那様が、僕と話を⁉)

驚きすぎて絶句する兎目を厳しい眼差しでジロリと睨み、「くれぐれも粗相のないように」と視線できつく命じてから、翠川はいかにもしぶしぶ、「さようでございますか」と返事をした。

「では、お済みになりましたら、呼び鈴でお知らせくださいませ」

「ああ、そうしよう」

翠川は、それからも幾度か振り返り、兎目を目で牽制《けんせい》しつつ、書斎を出ていった。

あとに残された兎目は、ひたすら戸惑いつつ、寿元が座るソファーの横に突っ立っているだけだ。

そんな兎目をよそに、寿元は上機嫌な様子で葡萄酒をちびちびと飲み、保温台に載せられた「おつまみ」に目をやった。

「なんでも小綺麗に作るものだ。今日は何を?」

問われて、兎目は慌てて説明した。

「チーズストローズと、百合根のフライです。中には海老を入れました。塩を振ってありますが、お好みでソースやレモンを」

「ふむ。まずはそのままいただこう。楊枝を刺すとは、なかなか気が利いている。こういうときの料理は、手で食べるに限るからね」

そう言うと、寿元は大きな口で、小さな百合根団子をパクリと頬張った。む、と小さく唸《うな》ると、次の一つはレモンを絞ってから味わい、すかさず、こんがり焼き上げたチーズストローズにも手を伸ばす。

どうやら寿元は、ガッチリした体格にそぐう、かなりの健啖家《けんたんか》であるらしい。

「うむ、いずれも旨いな。百合根の団子は酒の味を邪魔しない淡い味だし、チーズストローズの濃厚さは、葡萄酒の渋みと相性がいい。気の利いたつまみという注文にピッタリの料理ではないか」

「……ありがとう、ございます！」

寿元に料理を気に入ってもらえて、兎目はホッと胸を撫で下ろし、ばね仕掛けの人形のように頭を下げた。

そんな兎目を興味深そうに見ながら、寿元は穏やかに問いかけてきた。

「昨夜は暗がりで見たせいかと思っていたが、お前はずいぶんと小柄だね。歳《とし》はいくつだ？」

「十五です」

「そうか。まあ、もう背は伸びんだろうが、もっと食べて肉をつけたほうがいい。この家の使用人は、皆、働き者だ。痩せっぽちでは務まらんよ」

「は……はい。申し訳ありません」

「咎めてるのではないよ。謝る必要はない。……ときに、兎目。お前がここに来る前のことだが」

「！」

寿元の言葉に、兎目はギクリとした。

（まさか、嘘の経歴がバレた⁉）

背筋がゾクゾクして、両の手のひらが、たちまち冷たい汗に湿り始める。「はい」と返事をしたものの、その声は酷く震えてしまっていた。

幸い、そうした兎目の不自然な態度を、自分と二人きりになったせいで緊張しているのだと解釈したらしい。寿元は、苦笑いで小さくかぶりを振った。

「本当に、咎め立てするつもりはないのだ。落ちつきなさい。田島家に奉公する前に、お前は洋食屋で見習いをしていたのだろう？」

「は、はいっ」

「見習いの立場でこれほどのものが作れるのならば、お前の奉公先の料理人は、さぞ腕がいいのだろうと思ってね。どこの誰だか、訊ねてもよいかね」

「……それは」

兎目のただでさえ色白な顔が、たちまち青くなっていく。

（どうしよう。こういうやり取りは、予行演習していない。どう答えれば）

正直に答えれば、少なくとも山蔭の存在を寿元に教えることになってしまう。

表向き、山蔭は洋食店の料理人なのだから、どうしてもまずいというわけではないだろうが、それでも、開けっぴろげにその名を口にするのは躊躇われる。

だが、寿元は兎目の反応にお構いなしに、畳みかけるように問いを重ねてくる。

「まだ存命なのだろう？　どこか、高名なホテルの料理長でもしているのだろうか。ああいや、そもそもこの近隣に住んでいる者か？　あるいは」

「あの！」

兎目はたまりかねて、無作法は承知で寿元の質問を中断させた。

「うむ？」

寿元は驚き、やや不愉快そうに眉をひそめたが、それでも兎目の話を聞こうとしてくれる。

兎目は、からからに干上がった喉に唾を流し込み、小さな声で問いかけた。

「あの……どうして、僕の前の雇い主についてお知りになりたいんですか？」

「む……」

「すみません！　出すぎたことをお訊ねして。でも」

兎目の泣き出しそうに引きつった顔を怪訝《けげん》そうに見ていた寿元は、「ああ」と、不意に表情を和らげた。そして、ソファーの背にゆったりともたれ、こう言った。

「お前、もしや、その料理人と気まずい別れかたをしたのだね？　諍《いさか》い……は、しそうにないから、仕事がつらくて逃げ出したか、あるいは、ちょっとしたものをくすねたか」

「いえ、僕は、その」

「いいんだ。過去に気まずいことの一つや二つ、誰にでもあるだろう。まあ、お前はまだ十五だから、一つあるだけでも十分だが」

どうやら寿元は、自分の推理に絶大な自信を持つタイプらしい。兎目の弁明に耳を貸さず、いかにもいいことを思いついたと言いたげに笑みを浮かべる。

「そういうことなら、わたしが間に入って取りなしてやろう。多少の金品なら用立ててもよい。だから、正直に教えなさい。なに、どうということはない。実は来週、大切な客人を我が家でもてなすのだが、その日に来るはずだった料理人が、一昨日、盲腸をやってね」

「……それは、大変です」

「ああ、大変なんだ。急ぎ代わりの料理人を見つけねばならんが、ホテルのコック長は皆多忙だ。急に言っても手が空かん。とはいえ、客人は舌の肥えたお方でね。いいかげんな料理人では、満足していただけそうにない」

黙って耳を傾ける兎目に、寿元はチーズストローズを一本摘まみ上げ、示しながら言った。

「その点、見習いのお前にこれだけのものを作らせる料理人なら、きっと素晴らしい西洋料理を作るに違いない。是非、雇いたいのだ。わかったかね」

「わかり……ました」

兎目は、ゆっくりと頷いた。

これはある意味、山蔭と、おそらく手伝いとして秋月をも邸内に引き入れることができる、大きなチャンスだ。

自分の勝手な判断に従わざるを得ないのは不安だが、山蔭たちのことを寿元に教えても、決して失策ではないと考えた兎目は、勇気を振り絞って答えた。

「僕も……その、詳しくは知らないのですが、その料理人さんは、今は横浜の近くの『しのびパーラー』という洋食屋さんで働いておられると聞きました」

「ほほう！　横浜近辺とはありがたい。その料理人の名は？」

「久佐、山蔭さん、という方です」

「また風変わりな名だな。しかし、どことなく風雅な名でもある。うむ、名前の印象はすこぶるよい。店名はどうもいただけないが、雇われならば致しかたあるまい。早速、調べてみるとしよう。して、お前、何をしでかしたのだね？　今のうちに、正直に言っておきなさい」

「何をって……いえ、僕は何もしていません！　本当です！」

慌てて疑惑を否定する兎目に、寿元は愉快そうに笑って念を押す。

「では、お前の紹介で、と名を出してもよいのだね？　それが原因で、断られたりはせんだろうな？」

「そんなことは、たぶん、いえ、きっとないと」

「まあ、信じるとしようか」

寿元はチョッキの胸ポケットから小さな手帳を出し、「しのびパーラー……くさ、やまかげ」と小さく呟きながら、鉛筆でメモを取った。それから、葡萄酒のグラスを取り上げる。

（幸か不幸か、山藤さんたちに、若旦那様から連絡を取ってもらえる流れになった。上手くいくといいんだけど。とにかく、僕はボロが出ないうちに、そろそろ）

兎目が退出のタイミングをはかっていると、寿元はゆっくりとグラスを置き、やけに改まった口調でこう問いかけてきた。

「ときに、兎目。お前は、秘密を守れるかね？」

「えっ？」

「誰にも、何も言ってはいけない。そんな秘密を、わたしと共有するつもりはあるかね。無論、相応の駄賃ははずもう。だが、これは真剣な約束でなくてはならん」

(若旦那様、いったい何を……?)

再び混乱しながらも、寿元に近づき、彼の秘密に触れることができるなら、それがなんであれ、躊躇すべきではない。

兎目は、火中の栗《くり》を拾う覚悟で、頷いた。

「はい。誰にも何も言いません。お約束します」

「よし。ならば、お前に折り入って頼みがある。今日の真夜中頃、厨房に来なさい」

「厨房に? 何か、料理を?」

「話はそのときにしよう」

さっきまで饒舌《じょうぜつ》だった寿元は、やけに切り口上でそう言い、大きな口を引き結んだ。

(よほど大きな「秘密」なんだろうか。前もって言えないなんて)

大きな不安が胸を締めつけるが、ここまで来たら、引き下がることはできない。

「わかりました」

兎目がハッキリ承知の返事をすると、寿元はゆっくりと頷いた。

「よし。ではもう行きなさい」

「はいっ、し、失礼します!」

兎目はお辞儀もそこそこに、寿元の書斎を飛び出し、足早に廊下を歩き出した。

（どうしよう。……なんだか、大変なことになっちゃったぞ。情報がほしいとは願ったけど、まさかこんなことになるなんて。色々話が同時進行しすぎて、頭が弾けそうだ）

今ほど山蔭と秋月に話を聞いてほしいと願ったことはないが、今は、兎目が自分で考えて動くしかない。

岩間家からの連絡を受けた山蔭は、きっと依頼を引き受けてくれるだろう。

（そうだ。来週の宴会の日まで頑張れば、山蔭さんに会える。きっと、秋月さんにも）

そう考えると、嬉しくて身体に力が湧いてくるようだ。兎目は軽い足取りで階段を数段下りたところで、ふと足を止めて首を捻った。

（それにしても……）

「いい人、みたいなんだけどなあ」

昨夜から今まで、兎目の寿元に対する印象は、いささか思い込みが激しいところがあるように思えるものの、決して悪くない。

とても、少女たちや実の兄を殺害する人物には見えないのだ。それが、兎目をかなり困惑させていた。

（でも、さっき、ヨリさんが仲良しの女中さんが行方不明になったって言ってた。あと、塚本さんが話してくれた、寿元さんの父親……旦那様のことも気になる。ああ、もっと頑

張って情報を集めなきゃ。今は何もかもがバラバラだ）

一度、肩を上下させて気合いを入れ直すと、兎目は本来の仕事に戻るべく、今度こそ元気よく階段を駆け下りた……。

5

「ごちそうさーん」

「はーい、お粗末さま。今日はずいぶんとお疲れさんでした。おやすみなさい」

「おう、そっちもお疲れさん。すっかり遅くなっちまって、悪かったな」

ヨリの家庭的な挨拶に、食べ終えた後の食器を回収場所まで運んだ使用人の男たちは、どこか照れ臭そうな笑顔で軽く片手を上げ、食堂を出ていく。

「ヨリさんがおやすみなさいって言っても、返さない人も結構いるんですね」

「そういや、男の人たちは、あんまりおやすみなさいとかおやすみって言わないわね。男って、そういうの言うのって恥ずかしいの？」

大きな盆に食べ終えた後の食器を積み上げながら呆れ顔をした兎目に、ヨリは面白そうに問いかけてきた。兎目はしばらく考え、首を横に振る。

「いえ、恥ずかしいって感覚は、僕にはないです。言いますよ？」

「お兎目さんは、あたしらよりよっぽど綺麗な言葉を使うもんねえ。そのへんのガサツな男たちと比べても仕方がないか」

少しガラッパチに笑って、ヨリは兎目の手から盆を半ば強引に奪い取った。

「やれやれ、もう十時前よ。今夜は遅くまで、手伝ってくれてありがとね、お兎目さん。手伝ってくれていいとは言ったけど、ホントに来てくれるなんて思ってなかった。全部あたしひとりでやらなきゃいけないと思ってたから、ほんと、助かったわ。今日は外に出掛けてた人たちがうんと遅いごはんになっちゃったのに、最後までつきあってくれてさ。嬉しかった！」

ヨリの飾らない感謝の言葉に、兎目も笑顔で謙遜する。

「いいんですよ。僕じゃあんまり手伝いにもならなかったかもしれないですけど、塚本さんが行ってやんなって言ってくださったので」

「ああ、そうよね。塚本さんが許してくれなきゃ、お兎目さん、お勝手の手伝いなんかに来られなかったもんね。塚本さんにもお礼しなきゃ。折れた足、不自由なんでしょ。もう戻って、お世話してあげてよ」

ヨリは塚本を気遣ってそう言った。しかし兎目は、彼にしてはムキになって食い下がった。

「いえ、ここまで来たら、最後までお手伝いします」

「でも」

「塚本さんは、あとは軽く飲んで寝るだけだから構わないっておっしゃってましたし！　いいんです、お手伝いさせてください」

「……そーお？」

ヨリは、いつにない兎目の押しの強さに軽く気圧された様子で、目をパチパチさせる。

兎目としては、真夜中頃、ここで寿元と待ち合わせの密約があるので、極力早く、ヨリを部屋に引き上げさせたいのである。

そのためにも、後片づけや明日の準備を最大限に手伝いたい。

そんな下心があるだけに、兎目はとても落ちつかない気持ちで、熱心に言った。

「ええ、なんだって手伝わせてください。食器をお任せしていいなら、僕は何をすればいいですか？」

「じゃあ……」

しばし考えてから、ヨリは厨房のほうを指さした。

「あたしが食器を下げて、テーブルを綺麗にするから、お兎目さんはここと お勝手のゴミを集めて、外の塵芥箱《ごみばこ》に出しておいてくれる？」

「わかりました」

ヨリに疑いを持たれなかったことに内心胸を撫で下ろし、兎目はさっそく新しい仕事に取りかかった。

今夜は夕食が前もって煮込んでおいたおでんだったので、ゴミはそう多くない。だが、行儀悪く苦手なものを残す者が置き去りにした残飯や、厨房の野菜の切りくずなどを集めると、ブリキのちり箱がいっぱいになった。

それを両手で抱え、兎目は外に出た。

夜になると、急に風が冷たくなる。身震いしながら、彼は屋敷の裏口に向かった。

（そういえば、ここに来てから、お屋敷の塀から外に出るのは、これが初めてだな）

決して幽閉されているわけではないので、特に閉塞感を覚えるようなことはなかったが、それでも用事で堂々と外に出ていけると思うと、気持ちが浮き立つのを感じる。

平べったい踏み石を踏んで裏口に向かい、キイッと軋む扉を開けて路地に出た兎目は、思わず左右をキョロキョロした。

ちょうど、外灯が一本、裏口の近くに立っているので、外に出て向かって右側に、立派な塵芥箱が設置されているのがすぐにわかる。

「ああ、ここか」

兎目はちり箱を抱え、塵芥箱に歩み寄った。

おそらくは岩間邸専用の塵芥箱なのだろう。立派なコンクリート製で、上側にある投入口と、前面にある掻き出し口は、木製の蓋でそれぞれ塞《ふさ》がれている。

兎目は前蓋を持ち上げ、塵芥箱の中にゴミをざらざらと空けた。

元どおりに蓋を閉め、そのまま屋敷に戻ろうとした兎目は、ふと足を止め、ちり箱を地面に下ろした。

薄く雲がかかった夜空を見上げ、細い月が放つ弱々しいが清浄な光を浴びながら、両腕を広げて深呼吸する。

（牢屋《ろうや》から出られた囚人みたいなことをしているな、僕）

物語の主人公になったような心持ちがして、兎目はクスリと笑った。

別に、塀の内と外で空気が変わるわけでもなかろうが、それでも「外の世界」でする呼吸は、ささやかな解放感を兎目にもたらしてくれる。

「さて、戻ってヨリさんを手伝わなきゃ」

再びちり箱を抱え上げようとしたところで、背後から突然名を呼ばれ、兎目はギョッとして振り返った。

「えっ、あなたは……もしかし、むぐっ」

驚きのあまり大声を上げそうになったところを、たおやかな手に見事なタイミングで口を塞がれ、兎目はくぐもった声で呻《うめ》いた。両目を裂けんばかりに見開き、目の前に立つ人物を凝視する。

「よう。久しぶりじゃねえか。ちっと見ない間に、お前、少し背が伸びたんじゃないの？」

いつものシニカルな口調でからかってきたのは、他ならぬ秋月だったのである。

ただし、彼の出で立《いた》ちは、いつもとまったく違っていた。

灰色に薄汚れ、垢《あか》じみたシャツと、ベルトでかろうじてウエストに留まっているブカブカのズボンを穿き、ゴム引きの長靴を履き、ボロボロのハンチング帽を被っている。艶やかな黒髪を、あちこちに継ぎの当たった上着の中に入れ込んでおり、ご丁寧に、白い細面を容赦なく汚しているので、持ち合わせている美貌はすっかり覆い隠され、貧しい労働者か放浪者にしか見えない。

「よく、すぐに俺だってわかったな。それとも、俺がいるって予測してたのかい？」

ニヤッと笑って、秋月は目深に被っていたハンチング帽のつばを少し上向けた。兎目は、喜びと驚きが入り交じった興奮状態で、それでも努めて声を抑えて返事をした。

「変装していても、秋月さんは秋月さんですから。なんとなくわかりました。でも、どうしてここに？ 僕、偶然、お手伝いでゴミ捨てに来ただけで、秋月さんがいるって知ってたわけじゃないです。秋月さんだって、僕が出てくるなんて……」

「思ってなかったさ。なんだ、お互い奇遇だね」

秋月は涼しい顔で嘯いたが、兎目は少し憤慨した様子で、ヒソヒソ声を尖《とが》らせた。

「奇遇って！ 僕は、このお屋敷に住み込んでいるので、いても当然です。でも、秋月さんが今夜、ここに来たのはどうしてなんです？ しかも、そんな服装で」

するとと秋月は、いかにも不愉快そうに、シャツの襟元に鼻を寄せ、大袈裟に顔をしかめた。

「こんな服を、好きで着るとでも思ってんのかい？　変装だよ。このあたりはお屋敷街だ。やんごとなき方々のゴミを漁《あさ》る貧乏人を装うのが、いちばん自然だろうがよ」

ツケツケと説明され、兎目は戸惑い顔で視線を下げた。なるほど、秋月の足元には、ゴミが詰まった布袋が置かれている。これなら確かに、疑われることはないだろう。

「ってことは、もしかして、今夜が初めてじゃないんですか？」

秋月はニヤッと笑い、片目をつぶってみせた。

「まさかお前、俺と山蔭が、本当にお前ひとりをこのお屋敷に放り込んで、あとはぬくぬくと報《しら》せを待ってると思ってたんじゃないだろうね」

「そ、それは」

「おやおや、そう思ってましたって、顔にでかでかと書いてあるぜ。ったく、秋月様も舐《な》められたもんだ」

「す、すみません！　でも僕、舐めてなんかいません。ただ……」

「ただ？」

「このお屋敷には僕ひとりなんだから、情報を一生懸命集めて、どうにかしてお店に戻る機会を作って、お二人に報告しなきゃって思って焦ってたんです。だから秋月さんが、これまでもここに来てたなら……せめてひとこと教えてくれたらって」

口調は控えめだが、兎目の声音には、若干の憤りが滲んでいる。秋月は、へへっと呑気な笑いかたをした。

「そりゃ悪かった。実はお前がこのお屋敷に行って以来、俺と山蔭は、交代で夜な夜なここに来てた。どのみち、屋敷の中へ入り込まなきゃいけねえときが来るだろうからな。周囲の人通りや屋敷の警備の程度、侵入経路の見定めに、番犬の手懐け。仕込みの作業は山ほどある」

秋月の説明に、兎目は「あ」と、呆《ほう》けたような顔をした。

言われてみれば、そのとおりだ。

兎目の報告を待ってから、押っ取り刀でその後の行動を考えていたのでは、時間がかかりすぎる。草の者として、子供の頃から修行を積んできた山蔭と秋月が、先読みをして動くのは当然のことだった。

それに気づいた途端、兎目の顔は羞恥と自己嫌悪で真っ青になった。

急に項垂れた少年に気づき、秋月は真顔に戻り、「どうした?」と顔を覗き込んでくる。

兎目は、しょんぼりして独り言のように言った。

「すみません。僕、なんだかひとりで張り切っちゃってました。そうですよね。僕ができることなんてろくにないのに……」

「あー、違う違う。そうじゃねえ。お前のことは頼りにしてる。っつか、屋敷の内部のことは、俺や山蔭にはわからねえよ。お前の報告を待つあいだ、俺たちにやれることをやってただけだ。お前に期待してねえって意味じゃない」

「……本当、ですか？」

「あったり前だろ。そろそろ、なんとかしてお前に会う手立てを講じなきゃいけねえと思ってたところだ。出てきてくれて、助かったよ」

そう言うと、秋月は兎目を手招きして、屋敷から少し離れた暗がりに移動した。

「僕、お勝手の手伝いの途中なので、あんまり時間がないんですけど、今のところわかったことをお知らせしますね」

兎目はそう言って、極力掻い摘まんで、これまでのことを秋月に話した。

ふんふんと軽い調子で聞いていた秋月は、次第に真顔になり、やがて兎目が口を噤むと、つくづくと目の前の少年を見た。

「お前、思ったよりやるじゃないか」

「えっ？」

てっきり、「たったのそれだけかい？」と言われると思っていた兎目は、珍しいほどストレートな秋月の褒め言葉に、むしろポカンとしてしまう。

秋月は苦笑いで、そんな兎目の白い額を指先で突っついた。

「褒めてんだよ。喜びな」

「でも、僕、大したことはできていなくて」

「何言ってんだい。今の流れなら、若旦那が開く宴会の料理人として、山蔭を雇ってもらえることになるんだろ？　いちいち侵入しなくても、堂々と裏口から入っていけるなんて、最高じゃないの」

「それは……はい」

「それに、お前、やけに若旦那に気に入られてるようじゃないか。山蔭の腕を見て盗むとは、お前もなかなかやるねえ」

「いえ、盗むなんて、そんな」

「いいのいいの。お前が意外とこういう役目に向いてることがわかって、嬉しいよ。若様の人を見る目は、やっぱり確かだなあ。あんとき以来の驚きだね」

「あんとき、って？」

不思議そうな兎目に、秋月はニヤッとした。暗がりでも、わずかな月明かりで表情はハッキリ見える。秋月の笑みには、どこか懐かしそうな気配があった。

「久佐の里から呼び寄せた俺と山蔭に、パーラーをやれって若様が言い出したとき以来って話。最初はとんだバカ殿かと思ったけど、なかなかどうして。今の山蔭を見てると、料理人がやけに向いてる気がするし、俺だって、接客が嫌いじゃねえ。若様はああ見えて、適材適所ってやつを心得てる。だから、お前も自信を持ちな。……とはいえ」

秋月は軽く弓なりの眉をひそめ、塀越しに見える屋敷の銅葺きの屋根を見やった。

「真夜中の、若旦那との『密会』は、ちっとばかし心配だな。へタしたら、娘っ子を四人、実の兄貴までをも殺したかもしれねえ野郎と二人きりだぞ。お前、意外と勇敢だよな。まあ、こっちもお前をひとりで屋敷に放り込んだ以上、言えた義理じゃないけど、それにしたって勇敢すぎるんじゃねえの？」

口調は軽いが、秋月の声には、咎める響きがある。命を危険に晒《さら》す覚悟が本当にできているのか、と言外に問われ、兎目は曖昧に頷いた。

「それなんですけど」

「どれだよ」

躊躇いながらも、兎目はハッキリと自分の考えを口に出した。

「僕の印象では、寿元さん……若旦那様は、人を殺すような方には見えないんです。一度だけお見かけした奥様とお子様がたにも、優しく明るく接していらっしゃいましたし」

「そいつは、お前の勝手な印象だな。人は見かけによらないもんだし、何より根拠がねえ」

「それは、確かに。けれど……偉い人に独特の強引さはあるものの、やっぱり人を殺すようには見えません」

「ふん。まあ、いいさ。だったら行方不明の娘たちのことはおいて、あと、蔵に入ってんのが当主、つまり寿元の父親である岩間勘太郎で、そいつがボケちまったっていう庭師の話もまあ、ひとまず未確認情報として脇に置くとして、だ」

「はい」

「長男の信守のことはどうなんだよ？」

「それが、さっぱり。庭師の塚本さんに訊ねても、よくわからないみたいです。やっぱり子供の頃から病弱だから、ほとんど外にもお出にならないそうですよ」

「ヨリっていう厨房の娘は、見てないのか？」

「ヨリさんにしても、厨房で旦那様以下、主人一家の食事は毎日用意しているけれど、運ぶのは執事の翠川さんひとりなので、姿を見る機会はないそうです」

「ふん。なるほどなあ。生死すらわかんねえのか」

「すみません」

「別に責めてるわけじゃねえよ」

秋月は兎目の頭をクシャリと撫でる。そのとき、勝手口が開く音に続き、ヨリの声が聞こえた。

「お兎目さーん！　あれ、いない。てっきり、ここで煙草でも吸ってんのかと思ったのに。どこ行ったんだろ。朝ごはんの仕込み、手伝ってもらおうと思ってんのにさ」

不満げな呟きを残し、ヨリはバタンと扉を閉め、遠ざかっていったようだ。

身体を硬くしていた兎目は、ふうっと息を吐いた。秋月は、そんな兎目の背中を軽く押した。

「そろそろ戻れよ。不審に思われちまったら、元も子もないだろ」

「でも……」

「そうだな」

秋月は数秒考え、いきなり服を脱ぎ始めた。

人目につかない場所だし、通行人の往来もないが、路地とはいえ天下の公道での脱衣に、兎目は慌てふためく。

「ちょ、秋月さん、いきなり何を」

「着替えだ、ばーか。裸で通りを走ったりはしねえよ」

なるほど、細身の秋月だからできることだが、彼は襤褸の下に、身体にピタリと沿ったシャツとズボンを着込んでいた。いずれも濃い灰色で、夜の闇に上手く紛れ込むことができそうだ。

襤褸をくるくるとまとめて物陰に置くと、最後にハンチングを脱いでその上に置き、秋月は長い髪をあらためてうなじで結び直しながら言った。

「さすがに、今夜のやつはお前ひとりを行かせておめおめと帰っちゃ、山蔭にぶっ飛ばされる。あいつは、お前のことを死ぬほど心配してるからな」

死ぬほど、に力を込めてそう言い、秋月はふふっと可笑しそうに笑う。兎目も、山蔭の渋い顔を思い出し、思わず胸に手を当てた。

「山蔭さんが……」

「おう。毎日、『兎目はどうしているだろうな』って言ってやがんぜ、あいつ。親父かっつーの。まあ、俺もちょっとくらいは心配だから、物陰から見守ってやるよ」

「えっ？　それって、秋月さんが邸内に忍び込むってことですか？」

「おう。今からな。つか、これまでも、敷地の中にはちょいちょい入ってたんだぜ？　お前が庭師小屋で、甲斐甲斐《かいがい》しく骨折親父の世話を焼いてるのも見てた。建物の中には、そう迂闊には入れねえけどな」

「……本当に？　全然気づかなかった」

「気づかれてたまるかよ。俺たちは『草』だぜ？　気づかれねえように探る専門家だ」

自慢げにそう言って胸を叩き、秋月はやや恨めしげな少年の視線を笑い飛ばした。

「最初からそう教えてりゃ、お前、俺たちを探してウロウロキョロキョロしちまうだろ。だから言わなかったんだ。それに、いつも見ててやれるわけじゃねえ。こっちも店があるからな」

「は、はい。でも、あの」

「あ?」

「見ていてくださったんだと思ったら、なんだか嬉しいです」

「そうだろうそうだろう。もっと尊敬と感謝の眼差しを向けていいんだぜ?」

一週間以上も離れていたのに、ずっと一緒にいたかのような秋月の態度に、兎目は、これまで張り詰めていた緊張の糸が、いい感じに緩んでくるのを感じた。

無論、油断するわけにはいかないが、山蔭と秋月が、たとえたまにであっても見守ってくれていると思うと、心強さがまったく違う。

しかし秋月は、顔を引きしめてこう釘を刺した。

「とはいえ、お前に何かあっても、俺たちが表立って出ていって助けるわけにはいかねえんだ。ほけほけ喜んでる場合じゃねえぞ。もし今夜何かあっても、最悪、俺は『見てるだけ』だ。お前がひとりで頑張らなきゃいけねえことに変わりはない。忘れんなよ」

「は……はいっ」

「どんなことを言って、何をするかは、これまでどおり、お前ひとりで決めろ。俺はいないもんと思え。そもそも俺も山蔭も、お前にどこにいるか見破られるような覗きかたはしねえしな」

「わかりました。まるで神様みたいに、目には見えないけれど、どこかで見守ってくださっている……そう思うことにします」

「おう。そんな感じでいけ。とにかく、若旦那と二人きりになるときは、くれぐれも気をつけろ。そういう趣味がないとも言えねえ」

「そういう趣味？」

「女だけが好きだとは限らねえってことだよ」

「！」

暗がりでも、兎目が赤面したことは明らかだ。秋月は小さく笑って、「念のためってやつ」と言い、屋敷のほうを指した。

「いいから、もう行け。あの厨房の娘っ子と仲良くやんな」

「そんなんじゃないですってば！　じゃあ、行ってきます」

「おう。裏口の戸は開けたままで行きな」

秋月は、小さく手を振って笑ってみせる。

自分もペコリと軽く頭を下げ、兎目は名残惜しそうにしながらも、小走りで邸内に戻っていく。塀の向こう、ずいぶん遠くから、「お兎目さーん！　どこでさぼってたのさ！」というヨリの甲高い声が小さく聞こえてきて、秋月はふふっと笑った。

「お兎目さん、か。あいつ、どこにも身の置き所がないようなツラしてるわりに、どこでも図太く居場所を作ってるじゃねえか。やっぱり、無自覚の人たらし、ってやつなんだろうねえ。山蔭の奴も、兎目については柄にもなく過保護だしよ。そういう俺も……」

秋月は潜んでいた細い路地の暗がりから出ると、言いつけどおり兎目が薄く開けたままにしておいた裏口の扉を開け、すらりとした身体を邸内に滑り込ませた。

前もって地道に調査した結果、屋敷の警備はさほど厳重ではなく、守衛は大通りに面した正門にひとり常駐しているだけだ。

二匹の犬も、侵入者に襲いかかるのではなく、吠えることだけが求められており、それぞれ正門と玄関の前に、夜間だけ繋がれている。一応、夜な夜な餌《えさ》をやって手懐けたが、裏から出入りする分には、おそらく気にする必要はあるまい。

(このあたりの警戒の薄さも、ウサ公の言う、「人を殺すような人物には見えない」って印象に繋がるのかねえ。とはいえ、貴族院のお偉いさんがたが須賀原家を使って探りたくなる程度には、寿元って奴は怪しいんだ。油断はできねえな)

そんなことを考えながら、秋月は邸内からの灯《あか》りが差さない暗い物陰を選んで忍び歩く。

さすがに山蔭も秋月も、兎目からの情報が来ないうちに邸内へ忍び込むことはなかったが、「しのびパーラー」の営業を終えた深夜、交代で岩間邸へ赴き、屋敷周囲や裏庭、そして兎目が暮らす庭師小屋あたりまではくまなく歩き回った。屋敷へ侵入するのによさそうなルートも、いくつか見出してある。

兎目との接触に成功し、多くはないが岩間家の人々についての情報を得た今、そろそろ偵察も次の段階に移る時期だ。

（屋敷の情報を集めようと必死になっている兎目には悪いけど、本来、若様は兎目にさほど期待していなかった。俺たちが下準備を終えて、いざ本格的に調査すべく邸内に潜入するとき、先に兎目が屋敷の内部事情に通じて、手引きをすることができりゃいい、そんなことを仰せだった。しかし）

秋月は、厨房の窓のすぐそばにある薪置き場の陰にいったん身を隠し、周囲に人影がないことを確かめてから、窓に歩み寄った。

（しかし、兎目は意外と頑張ってるじゃないか。今夜だって、若旦那とまさかの真夜中の密会だ。いったい、何を引き出してくれることやら）

秋月は、形のいいアーモンド型の目をスッと細めた。

窓にはカーテンが引かれていたが、わずかな隙間から微かに光が漏れている。そこから室内を覗き込むと、兎目が蠟燭《ろうそく》一本の灯りを頼りに、緊張の面持ちで丸椅子にかけているのが見えた。

まだ、寿元は厨房にやってきていないようだ。

（ささて。ここからじゃいささか視界が狭いな。ちょいと、屋敷の中に入ってみますかね）

窓に堂々とへばりつく今の体勢では、いくら闇に馴染みのいい服を着ていても、早晩誰かに見咎められてしまう。窓を離れ、屋敷への侵入ポイントとして目をつけていた洗濯室へと足音を忍ばせ移動しつつ、秋月はふと考えた。

（万が一、寿元が両刀使いで、兎目をどうこうしようとしたら……あるいは、兎目の素性を怪しんで絞め上げようとしたら）

よもや、兎目がこうも寿元と接近していたとは予測していなかったが、兎目の身に危険が迫っているのを目撃したときどうするかについて思いを巡らせるのは、初めてのことではない。

（そうだ、山蔭がその話を持ち出したとき、若様がちょっとおかしかったんだよな）

やはり自分が庇護《ひご》している存在については甘くなるのか、「自分の目の前で兎目が危険な目に遭っていたら、どうにか助けてやりたい。あれは俺たちと違って、本当の意味で『草』ではないのだから」と山蔭が言ったとき、周良は「そうだね」と応じたのだ。

「無論、任務の遂行に支障が出ないように、という条件はつけねばならんが、そこはお前たちの判断に任せよう」

素っ気なくそう言った周良に、秋月はつい、「おやおや。若様もガキには甘くていらっしゃる」と混ぜっ返してしまったのだが、今になって振り返ると、どうにもいささか奇妙だ。

（若様は、普段は情のあるお方だが、こと「お家の務め」となると容赦ない。俺たち同様、兎目のこともバッサリ切り捨てるはずなのに、なんだろうな、あの「そうだね」ってな

あ)

飄々《ひょうひょう》とした態度ではあったが、あのとき、周良は確かに、「務めの遂行が第一」だと釘を刺すと同時に、言外に「可能ならば助けてやればよい」と告げていた。

そんな甘さを見せる人物ではないはずなのだが、と首を捻った秋月は、「待てよ」と小声で呟き、眉根を寄せた。

(もしや、若様が今回、兎目をこの屋敷にひとりで潜り込ませたのには、諜報以外に狙いがあるってことか? それは、以前俺に命じた、兎目の素性を探れってことに関係があるんだろうか)

その命を受けて以来、店の仕事や「草」の任務がそこそこ多忙だった上、周良のほうからも特に催促がなかったので、秋月はつい手を拱いてしまっていた。その間に、周良は自分で兎目の素性についてのなんらかの情報を得て、こんな乱暴な方法でさらに調査を進めようとしているのではないだろうか。

(だとしたら、若様もたちが悪い。それに、あの若様が助けてやれと言うってことは、兎目には特別な利用価値があるってことか。それはいったい……)

「ああいや、こんなところで考え込んでる場合じゃねえな」

うっかり長考を始めようとしている自分に気づき、秋月はぶるぶると首を振った。

「それこそ、らしくねえ。さて、とっとと潜り込むとしよう」

片手で自分の頬をぺちんと軽く叩いて気合いを入れ、秋月は前もって鍵が閉まらないように細工しておいた洗濯室の窓を開け、軽い身のこなしで邸内に忍び込んだ……。

一方、兎目は、厨房でひとり、この家の次期当主である寿元の訪れを待っていた。

秋月と別れてから厨房に戻った兎目は、「最後の最後で怠けるなんてさ！」とヨリに呆れられながらも必死で働き、どうにか午後十一時過ぎに厨房での仕事を終えることができた。

いったんヨリと二人で厨房を出てそれぞれの居室に戻る……ふりをして、兎目だけは戻ってきたのである。

電灯をつけては、深夜に必ず一度は起きて、邸内を見回るという翠川に見つかりかねない。とはいえ、真っ暗闇ではあまりにも怖い。そこで、蠟燭一本だけに火を点《とも》し、そのささやかすぎる光を拠《よ》り所《どころ》にしているというわけだった。

（秋月さん、どこで見ていてくれるんだろう）

いないものと思うことを約束しても、気になるものは気になる。

思わずキョロキョロしてしまいたくなるのをグッと堪《こら》えて、思わず深呼吸したところで、ガチャリと静かに厨房の扉が開いた。

「！」

弾かれたように、兎目は立ち上がって身構える。もしや執事の翠川なら、どう言ってごまかそうかと背中がヒヤッとしたが、幸い、入ってきたのは大きな体格の男性……寿元だった。

寝間着の上からぼってりした厚地のガウンを着込み、スリッパ履きで燭台を手にした寿元は、兎目の姿を見て、「やあ」と肉づきのいい頬を緩め、歩み寄ってきた。

「すまないね、遅くまで」

「いえ。若旦那様こそ。……その、ここで、何を?」

兎目が囁き声で訊ねると、寿元は笑みを消し、もう一度、昼間と同じ主旨の言葉を口にした。

「それを言う前に、もう一度訊ねておこう。お前は、秘密を守れるかね?」

兎目は、躊躇い、良心の痛みを感じながら、それでもこっくり頷く。すると寿元は、手に持っていた燭台を調理台の上に置き、こう言った。

「ならば、頼みたいことがあるのだ。今、この屋敷の中では、お前にしか頼めないことだ」

いよいよ寿元が本題を切り出しそうで、兎目はゴクリと唾を飲んだ。

二本の蠟燭の光が、下からユラユラとほの暗く寿元の顔を照らしており、そのせいで彼の表情はやけに厳めしく、恐ろしく見える。

しかし、そんな寿元が小声で、しかし重々しく口にしたのは、兎目にとっては思いもよらない言葉だった。

「濃い、洋風のスープを作ってもらいたい。心身が衰えた人間に滋養がつくような」

「えっ？」

まったく予想外の「注文」に、兎目はポカンとしてしまう。寿元は、少し焦れた様子で繰り返した。

「ポタージュというのだったか。ある人のために、飲みやすい、身体に優しい、それでいて栄養のある旨いスープを作ってもらいたいのだ。これぱかりは、味噌汁《みそしる》では駄目だ。スープが飲みたいと所望でな」

「明日とかじゃなく、今、ですか？」

「うむ、今だ」

「それはいったい……」

「詳しくは作ってからだ。とにかく、速やかに取りかかってくれたまえ」

寿元の口調は穏やかではあるが、いったん引き受けた以上、もはや断らせはしないという強い意志を聞く者に感じさせる声圧の強さがある。

とにかく、希望どおりのポタージュを作ってしまわないことには、これ以上話が進みそうにない。

「ポタージュ……ですか」

ポタージュ自体は、「しのびパーラー」でも定番メニューだし、毎日のように、山蔭を手伝って作った料理でもある。ひとりでも、簡単なものなら作れるはずだ。

しかし。

「問題は食材ですね」

兎目はそう言うと、自分の燭台を手に、野菜かごに近づいた。

「スープは、明日の朝の味噌汁用にさっき引いた出汁《だし》を少し使わせてもらうことにします。野菜は……」

兎目は、困り顔で身を屈め、大きなかごの中身を覗き込んだ。

中に入っていたのは、牛蒡、ジャガイモ、太い白ネギ、百合根などの野菜類である。

(どれも美味しそうだけど、ポタージュを作るのによさそうなのは……)

慌ただしく頭を働かせ、兎目が調理台の上に取り出したのは、ジャガイモと白ネギ、それにサツマイモだった。そこに、カップボードから拝借したコーンビーフの小さな缶、氷を入れて冷やす冷蔵庫から持ってきた牛乳も添える。

「このあたりで作ります。少し、お待ちください」

「うむ。なんなら手伝おうか?」

「いえ、大丈夫です!」

「そうかね?」

寿元はちょっとつまらなそうに、それでも兎目の邪魔をしないよう、さっきまで兎目が座っていた丸椅子にどっかと腰を下ろす。

「では、よろしく頼む。誰にも見つからないうちに、大至急で」

「は、はいっ」

とりあえず、調理を少しでも手早く、しかも台所を極力汚さずに済ませねばならない。

(飲みやすくて、おいしくて、栄養がつく……となると)

「出汁は昆布と鰹節《かつおぶし》でとったので、美味しいと思います。ただ、栄養という意味では、ちょっとお肉がほしいです。なので……」

兎目はまず小鍋を弱火にかけ、兎目はそこにコーンビーフを少し入れて炒《いた》めた。その間にネギをぶつ切りに、ジャガイモとサツマイモの皮を剝《む》き、一センチ角ほどのコロコロに切って、どんどん鍋に加えた。

野菜の表面に油が馴染み、水分が出始めたところでひたひたの水を加え、火を強める。

魚の出汁に肉の味を合わせるのは初めてだが、コーンビーフはごく少量なので、おそらく致命的にまずくはならないだろう。

「本当は、もっとじっくり煮たほうがいいんですけど、今夜は大急ぎで」

そう断ってから、兎目は調理器具が入っている引き出しを何段か開け、いちばん下の段で、ようやくマッシャーを見つけ出した。おそらく、過去に常駐していたという西洋料理のコックが残していったものだろう。古びてはいるが、立派に使えそうだ。

「よし、あとは……」

一連の作業を面白そうに見物している寿元の視線を感じつつ、兎目は古いパンを少し拝借して、こちらも小さなサイコロ状に切り分けた。フライパンを弱火にかけてバターを溶かし、そこにパンを入れて軽く掻き混ぜる。

バターをまんべんなく染み込ませ、あとは焼き色をつけながら水分を飛ばせば、美味しい浮き実、クルトンの出来上がりだ。

「旨そうな匂いがするね」

そう言って丸椅子から立ち上がると、寿元は許可を求めることなど考えてもいないように、フライパンから「熱っ」と子供のような声を上げつつクルトンを二つほど摘まみ、口に放り込んだ。

カリッといういい音が、大きな口の中から聞こえる。

つい、非難の眼差しを向けてしまったのだろう。寿元は兎目に照れ臭そうに笑いかけてみせた。

「すまん。こうやって熱々の料理を食べることが、あまりないものでね。つい浮かれてしまった。やはり、鍋から直接摘まむ料理は旨いなあ。ただの浮き実だというのに、頰が落ちそうだ」

「……ああ」

兎目は、思わず同情の吐息を漏らした。

「そうですよね。ここで作ったものを、あれこれ整えて二階にお運びする間に、いくら保温容器に載せても、覆いを被せても、どうしても冷めてしまいますから。口に入るときには、ほの温かい、くらいになってしまっていますよね」

すぐさま同意してくれると思いきや、寿元は不思議そうに兎目を見つめている。

「あ」

兎目はギョッとした。寿元は、そんな兎目の顔をつくづくと観察した後、「やはり」と呟くように言った。

兎目は慌てて寿元から顔を背け、必要以上に野菜の鍋を覗き込んだが、そんな少年の鼓膜を、寿元の静かな声が打った。

「まるで、そういう『ほの温かい』料理を食べ慣れているような口ぶりだったね」

兎目の心臓が、早鐘のように打ち始める。

（しまった……！）

両手がブルブル震えて、木製のおたまを落としてしまいそうになり、慌てて柄の部分をギュッと握りしめた兎目は、やはり寿元を見ないようにして、できるだけ平静を装って答えた。

「い、いえ。想像しただけで」

「想像だけでは、『ほの温かい』などという表現は出ないものだよ。お前はわたしを知るまいが、その程度の観察力はある。でなければ、人を使う身にはなれないものだ」

「……え……っと」

口調は相変わらず穏やかだが、直接見ていなくても、寿元の視線は皮膚に突き刺さるほど鋭い。

(まずい。どうしよう)

狼狽《うろた》える兎目をよそに、寿元は兎目に一歩近づき、片手で顎を掴むようにして、無理矢理その顔を上向かせた。

「若旦那、さま……っ」

「ふむ」

もう一方の手で取り上げた燭台を兎目の顔に近づけ、よりじっくりとその童顔を観察した寿元は、やがて兎目を解放し、小さく頷いた。

「うむ。やはり、昼間の印象は正しかった。兎目、やはりわたしは以前、お前に会ったことがあるね。どこで……そうだ、あれは、さ」

「誤解です‼」

他人に気づかれないようにしなくてはならないことをうっかり忘れ、兎目は鋭い声で寿元の話を遮った。

寿元が、自分の正体に気づいてしまうのは百歩譲って不可抗力としても、素性に繋がる人や場所の名前を口にして、どこかで見守っている秋月に聞かれることだけは避けたかったのである。

「お前は」

「僕は、兎目です。ただの兎目です。本当です。若旦那様にお目にかかったことなんて、ただの一度もありません！　本当です！」

泣き落としをするつもりはないが、不安と恐怖で声が情けないほど上擦り、震えてしまう。

（この方に会っていたとしても、うんと子供の頃、しかもせいぜい一度か二度、同じ場所にいた程度だから大丈夫だと思っていたのに。やはり、人の上に立つ人の観察眼は凄いんだ。どうしよう。きっとバレてしまった。どうしよう）

狼狽のあまり、両目に涙がこみ上げるのがわかる。

だが、しばらく呆気に取られていた寿元は、「ふむ」とまた言った。その大きな口に、なぜか悪戯っ子のような笑みが浮かぶ。

「若旦那様？」

その表情の変化の理由が理解できず、おそるおそる呼びかけた兎目に、寿元は「よかろう」と笑みを含んだ声で言った。口の上にちょんちょんと乗せたような小さな目も、今は嘘のように和んでいる。

「迂闊に詮索して、お前のように優秀な使用人を失っては困るな。うむ、よかろう。お前はただの兎目だ。今はそれでよい」

「若旦那様……」

「わたしの推測が正しければ……うむ、お前にもよほどの事情があるのだろう。市井の人々が言う『やんごとなき家』というのは、厄介なものだな。そう思うだろう？」

寿元は同情のこもった口調でそう言い、やるせない笑みを浮かべて肩を竦める。

「……はい」

兎目は小さく頷いた。ありがとうございます、と囁き声でつけ加える。

「いいのだ。それより、パンが焦げかけているし、野菜が煮詰まりかけているぞ」

「は……あ、ああっ」

指摘されたとおりの惨事一歩手前の状況に、兎目はたちまち我に返り、作業に集中する。

そんな少年の姿を見守りつつ、寿元は「本当に、厄介なものだ」と呟き、再び丸椅子に腰を下ろした。

やがて野菜が柔らかく煮えたので、兎目はそれをマッシャーでできるだけ細かく潰した。

「しのびパーラー」で客に出すときは、この段階で裏ごしをする。

しかし、今夜はそんな悠長なことをしている場合ではないので、そのまま牛乳を加えて伸ばし、塩胡椒で味を整える。

(本当はナツメグを少しだけ入れたかったけど、ない袖は振れないよね)

代わりにすり下ろした生姜《しょうが》をほんの少し、隠し味程度に加え、兎目は鍋の火を止めた。

「できたかね? 味見をしても?」

「勿論です」

料理をしているうちに、気持ちが少しは落ちついた。兎目はまだぎこちない笑顔で、大きなスプーンにたっぷりポタージュを掬い、寿元に差し出した。

自分でクルトンを二粒載せてスープを味わった寿元は、意外そうに目を見張った。

「これは……複雑な味だね。塩気もほどよく利いているが、まろやかな甘みもある」

「サツマイモとネギの甘みです。サツマイモだけでは甘ったるくなるので、ジャガイモと半分ずつにしました」

「なるほど。コーンビーフのこくがあるが、出汁のおかげで飲み口が軽い。うん、これはよい。これこそ、お前に期待していたものだ。さあ、運ぼう」

「どちらへです？」

「ついてくればわかる。それも、『秘密』の内だ。お前がそれを知りたいか否かは知らんが、ひととおり知らせて、すべてに対して沈黙を守らせるほうが、約束としては効力がありそうだからね」

そう言って、寿元は視線で兎目に準備を促す。

兎目は急いで食器棚からスープボウルを出してきて、スープをたっぷり掬い入れた。クルトンも、上に気前よくちりばめる。

保温容器は用意できないが、濃度のあるスープなので、そうすぐには冷めないだろう。

「用意ができました」

「では行こう。ついてきなさい」

そう言うなり寿元は燭台を取り上げ、厨房を出ていく。相変わらずのせっかちさだ。

「はい！」

兎目はスープボウルを小さなトレイに載せ、片手で自分の燭台を持ち、寿元の後をついて廊下に出た。

この家の次期当主なのだから当たり前だが、寿元は堂々と廊下を歩いていく。

無論、途中で翠川の居室の前を通り過ぎるのだが、中から寝間着姿の老執事が飛び出してくる気配はない。

さすがの彼も熟睡しているのだろうか。

（いや、でも、ちょっと不審な音がしたらすぐ確認しにくる翠川さんだ。深夜でも、きっと神経を研ぎ澄ませたままだと思うのに）

あるいは今夜のこの行動は、寿元によって、翠川にはすでに伝えられているのかもしれない。

（翠川さんが、わざと「気づかないふり」をしている可能性もある。いったい、誰のためのポタージュなんだろう。それに秋月さん、本当にずっと見ていてくれるのかな。厨房はともかく、これから二階へ上がってしまうから、監視も難しいんじゃないだろうか）

そう思うと、途端に心細くなってくる。

しかし、ここで逃げ出すことはもうできない。寿元が明かそうとしている「秘密」を知るまで、突き進むしかないのだ。

（頑張れ、僕）

パタパタとスリッパの音を立てて階段を上がっていく寿元に遅れまいと、兎目は必死で足音を忍ばせ、トレイからスープボウルを落とさないようにつき従う。

「こちらだ」

小声で言って、階段を上がりきった寿元は、廊下を左手に折れた。昼間と逆方向である。

（ご一家の、生活空間のほうだ。さっき若旦那様は、このポタージュを「心身が衰えた人のため」のものだっておっしゃった。もしかしたら、身体が弱いというご長男の信守さんのためだろうか。でも、どうしてこんな深夜に……？）

考えても、わけがわからないことばかりだ。心細く、訝しい思いで歩く兎目の目の前で、寿元は右手に並ぶ扉の一つの前で足を留めた。

「ここだ。部屋の中では、努めて静かにしておくれ」

「わかりました」

兎目が頷くと、寿元はノックをせず、扉を静かに開けた。手振りで、兎目についてくるよう指示を出す。

部屋に一歩入るなり、兎目の五感が忙しく働き始めた。最初に警告を発したのは、嗅覚だった。室内は清潔に整えられていたが、独特の異臭が微かに漂っている。

（これは、病人の臭い。死が近づいている人が出す臭いだ）

自分自身の経験からの記憶が甦り、兎目は暗澹《あんたん》たる気持ちになる。

臭いに耐えて周囲を見回すと、部屋は個人の居室にしては広く、室内は薄暗かった。深夜なので当たり前だが、窓のカーテンはどれもしっかりと閉ざされ、立派なベッドのサイドテーブルにだけ、美しいシェードがついたライトが点っている。

温《ぬく》もりのある金色の光に照らされたベッドの中に、ほぼ埋もれるように横たわった誰かの胸から上がかろうじて見えた。しかし、顔面は大きな羽根枕に邪魔され、兎目のいる場所からは見ることができない。

「ご病人、ですか？」

ヒソヒソと問いかけると、兎目のすぐ隣にいる寿元は、顎を小さく上下させた。

「ずっと寝たきりでね。あれこれ工夫した料理を作らせているのだが、どうにも食が進まず、痩せていくばかりなのだ。まあ、それも自然な流れなのかもしれんが、食べられるものがあるならば、食べてほしくてね」

「お察しします。それで、ポタージュを？」

「うむ。どうも深夜に上手く眠れず、いちばん腹が減るようでね。三日前から、ポタージュが飲みたいと言っていたのだが、サトに作らせたものは話にならず、呼び寄せた料理人たちの作ったものでは、どうも凝りすぎているようだ。それで、渡りに船で、お前に作らせてみたというわけだよ」

兎目は目を剝いた。

「そんな重要なお役目を、素人の僕なんかに」

「素人だからこそ、病人の望む味のポタージュになったかもしれん。こちらは藁《わら》をも摑む思いなのだ。さっそく試してみようではないか」

ベッドに近づくよう視線で指示され、兎目はゴクリと生唾を飲んだ。

（ついに、ご長男の顔を見られるのか。本当にご病気だったんだな。ということは、長男

殺害の容疑は晴れたことになる。だって、こんなことをするほど、若旦那様は、お兄さんのことを案じているのだし）

別に寿元の味方になったわけではないが、会話を重ねるごとに、兎目は寿元の人柄を好もしく感じている。

無論、兎目に見せる顔が寿元のすべてではないが、今、兎目が見ている彼の一面は、間違いなく善良そのものだ。

ベッドサイドに立った寿元は、病人の顔に自分の顔を近づけ、穏やかに語りかけた。

「お望みのポタージュを拵えさせましたよ。今夜こそ、お口に合えばいいのですがね。さ、兎目」

「はい！」

トレイを手に、兎目はベッドに近づき、サイドテーブルにスープボウルを置こうとした。その流れで自然に病人の顔を見た少年は、「えっ？」と思わず驚きの声を上げてしまう。

兎目はてっきり、寿元の兄がそこにいると考えていた。しかし、ベッドに力なく横たわっているのは、痩せこけた、明らかに高齢の男性だったのである。

「あ……あの、この方、は？」

遠慮がちに兎目が問いかけると、寿元はさも当然といった様子で答えた。

「見ればわかるだろう。わたしの父だ。この家の当主、岩間勘太郎だよ。似ていないかね？」

「言われてみれば、はい。では、お父上は、いつもこちらに……？」

「ああ、ここがずっと父の居室だからね。代替わり前の根回しが終わらないうちに、当主がこうも衰えてしまっては、具合の悪いことが起こりかねない。……お前ならば、わかるだろう？　これが秘密だ。口外してはならない理由も、よくわかるね？」

「は……はい」

意味ありげな視線を寿元に向けられ、兎目は困り顔で目を伏せる。

それ以上、追及することはせず、寿元は病人の背中に枕をあてがって上体を軽く起こしてやった。やけに手際がいい。

老人はそれを合図に、まるでミルク飲み人形のようにうっすらと目を開いた。

ランプに照らされた老人の黒目は、磨《す》りガラスのようにうっすら曇っていた。これでは、あまりよくものを見ることができないだろう。

「さあ、スープをどうぞ。ここに来るまでに、ほどよく冷めたはずだ」

さっきの会話を蒸し返すように兎目を見て、チラと口角だけで笑ってから、寿元はスプーンに半分ほどスープを掬い、老人の口に優しく運んだ。

老人の唇がゆっくり動いたところで、寿元は器用にスプーンを口の中に滑り込ませる。

どうやら、この手の世話にはずいぶん慣れっこの様子である。介護を使用人に任せっぱなしにはしていない証拠だ。

（やっぱり若旦那様は、いい人のように思える。でも）

「……ああ」

老人の薄く開いた口から、溜め息のような掠れ声が漏れた。それを聞くと、寿元は、今度は大きな笑顔で兎目を見た。

「やはり、わたしの狙いどおりだ。お前のポタージュを、父は気に入ったようだぞ」

それを聞いて、兎目も思わず顔をほころばせる。

「よかった……！　よかったです。たくさん召し上がってください」

「だ、そうだ。たっぷり作らせたから、一口でも多く食べてください、父上」

優しくそう言って、寿元は嬉しそうな顔で、父親に少しずつポタージュを飲ませ続ける。

（よかった……。よかったけど、若旦那様のお父さん、つまり旦那様は、耄碌して蔵に入れられてたんじゃなかったんだ。ずっと、ご自分のお部屋で介護を受けておられた）

いったん訪れた安堵が、拭ったように消えていく。

（だったら、蔵に入っているのは……誰なんだ？　もしかして、ご長男の信守さん？　それとも、行方不明の女の子たち？　いずれにしても、閉じ込めたのは若旦那様ってことになるんじゃないか。そんな）

目の前にいる父思いの優しい息子の姿と、蔵に身内を幽閉する残忍な男のイメージがどうにも合致せず、兎目は激しく混乱し始める。

(蔵……蔵をどうにかして調べなきゃ)

新たな決意を胸に、兎目は複雑な気持ちで、寿元と、どこか満足げにポタージュを味わう皺深い老人の顔を見つめていた……。

6

「ふわ……あああ」

思わず大あくびが出てしまい、しまったと思ったときには、塚本が振り向き、自分のほうを凝視していた。兎目は慌てて両手で口元を塞ぎ、謝った。

「すみません。つい」

「ちょっと来い」

表情の読めないくわえ煙草の顰めっ面で手招きされ、兎目はやむなく小さなスコップを地面に置いて立ち上がった。そして、立てた木箱を椅子代わりにして座っている塚本の前に、まるで教師に叱られる生徒のような趣で立つ。

「おめえ、昨夜、どこ行ってた？」

塚本は煙草を唇に挟んだまま、やや不明瞭かつ不機嫌な調子でズバリと訊ねてきた。兎目はギョッとして飛び上がりそうになる。

（落ちつけ。落ちつけ、僕。秋月さんが教えてくれたみたいに、本当のことにちょっとだ

け嘘を混ぜて答えるんだ）

胸の中で自分を一生懸命に宥めてから、兎目はできるだけさりげなく答えようとした。

「ご存じのとおり、厨房でヨリさんの手伝いをしていました。昨夜は、遅い食事になった人たちがいて。その後も、片づけとか、朝の準備とか、色々と」

塚本は、これから植える苗を小さな植木鉢から出し、根元を絶妙な具合にほぐして、地面に並べておく作業をしていたが、片手にまだ素焼きの鉢に入ったパンジーの苗を持ったまま、従順な態度で畏まる兎目の顔をじっと見た。

「それだけで、日付が変わるほど遅くはならねえだろ。俺ぁ、便所に行きたくなって、ジリジリしてたんだぜ？」

「あ……！　す、すみません！」

昨夜、兎目が庭師小屋に戻ったのは、午前二時頃だった。小屋の内部は真っ暗で、晩酌をした夜はいつもそうであるように、塚本は茶の間で座布団を枕にいびきをかいていたので、兎目は毛布をかけ、自分の寝床に向かった。

今朝、顔を合わせたときも、「遅かったんだな」とひとこと言われただけで、特に咎められはしなかったので、てっきり、塚本は酔っ払ってぐっすり朝まで寝入ってしまい、兎目がいつ戻ってきたかなど気にもしていないのだと思い込んでいた。

だが彼は起きて、尿意をこらえつつ、兎目の帰りを待っていたのだ。

（しまった）

兎目は自分の迂闊さに気づいたが、後の祭りである。

「僕、その、あの」

普段から正直な兎目には、もう嘘で言葉を塗り固めることはできない。アワアワとみるからに狼狽する兎目を目の前にして、塚本はやれやれというように煙草の煙を吸い込んだ。

そして、ゆっくり煙と一緒に、言葉を吐き出す。

「まあ、ションベンのほうは大丈夫だ。そんなこともあろうかと、尿瓶《しびん》を用意してたからな。けど、問題はお前だ。厨房の手伝いはちゃんとやったんだな？」

「はい！」

「で、それから？　お前まさか、ヨリとよろしくやってたんじゃねえだろうな？」

探るように問われ、兎目は大慌てで両手と首を同時に振りつつ全否定した。

「それはないです！　僕、そんな真似は誓って！」

「ほんとだな？　お前は大丈夫だろうと信じて手伝いにやったが、そんなに可愛いツラをしてても男だからな。もしや、ってこともある」

「いえ！　それは本当に、本当にないです。ヨリさんは、朝ごはんの支度をして、大急ぎで寝に帰りました」

「じゃ、お前は」

「あ……えっと、僕は、その」

「なんだ。どこで何してたか、ハッキリ言ってみな」

決して悪いことをしていたわけではないのだから、塚本に正直に打ち明けてしまいたい気持ちがこみ上げる。しかし、寿元は昨夜、別れ際にも兎目に重ねて口止めをした。

「いいかね、来年、貴族院の選挙が首尾よく終わり、わたしが父の基盤を受け継ぐまでは、父は当主として、立派に家を守っていることにせねばならんのだ。幸い、今夜のお前のポタージュを、父はいたく気に入ったようだ。食欲が戻り、栄養をつけられれば、父も少しは健康を取り戻すことができよう。お前の作りかたは、見て覚えた。味の加減も知った。これよりは、そのように料理番に作らせよう。よくやってくれた。あとは、その口を貝のようにしっかり閉じておくことだ。そうすれば、十分に報いてやろう」

寿元は、父親の勘太郎が兎目のポタージュで大いに満足し、安らかに眠りについたことを喜び、いささか横柄ではあるが、感謝の気持ちすら示してくれた。

だが、それと同時に、岩間家の当主が酷く衰えているという秘密を漏らしたときはただでは済まないと、厳しく念を押すことも忘れなかった。

(駄目だ。たとえ塚本さんにだって、教えちゃいけない)

ならばどう申し開きをしようかと兎目は逡巡した。しかし、どれほど考えたところで、いい言い訳など思いつかない。下手な嘘をつくよりは、正直に事情を説明したほうがまだマシかもしれない。

そう思った兎目は、思いきってハッキリと答えた。

「言えないんです。言わないって約束したので」

「誰と」

「それも言えません。約束は守らないと」

ごまかしの欠片もない言葉を食らうと、むしろ相手は面食らうものらしい。塚本はしばらく無言でタバコをふかしてから、「そりゃ、男と男の約束か？」と短く訊ねてきた。

「はい」

兎目もまた、これ以上ないほど簡潔に答える。

「だったら、しょうがねえなあ。ま、仕事に手を抜かねえで、相手が娘っ子たちじゃなけりゃ、たいていのことには目をつぶってやるよ。何しろ……ああ、いや」

口を滑らせそうになって慌てて黙った塚本に、今度は兎目が質問を投げかける番である。遠回しな問いを発してもかえって逆効果かもしれないので、兎目は敢えてストレートに訊ねてみようとした。

「若い女の人と仲良くならないようにっていうの、もしかして、行儀見習いの女の子たちが四人も行方不明になったたって話と関係が……っ⁉」

しかし、兎目は質問を最後まで言い終えることはできなかった。指先に煙草を挟んだままの手で、塚本が兎目の口を荒っぽく塞いだからだ。

あやうく火がついた煙草の先端が頬に当たりそうになって、兎目は危ういところで軽くのけぞった。そんな兎目に、塚本は険しい面持ちと押し殺した声で言った。

「でかい声で、そんな話をするんじゃねえ」

「あ……す、すみません」

「誰に訊いた？」

「えっ、あ、あの、ここに来る前に、噂で」

「屋敷の外でも噂になってんのか。まあ、人の口に戸は立てられぬって言うからな。どんな秘密だって、どこからか必ず漏れるもんだが、参ったな。あまり広がらなきゃいいんだが」

「じゃあ、あの噂は本当なんですか？」

兎目の問いに、塚本は再び煙草をふかしながら曖昧に頷いた。

「まあ、俺もここに長くいるから、色んな使用人を見てきた。田舎から出てきた娘っ子たちにゃ、都会は危ねえ場所だ。屋敷の中にだって、心根のよくねえ男がいないとも限らん。そりゃ、色々あっても不思議はねえよ」

「そういう、ものなんでしょうか」

塚本が迷いながら話すせいで、つられた兎目の相づちも何やら曖昧になる。

「そういうもんだ。お前もバカに真っ直ぐな奴だから、野郎でも気をつけろよ。ともかく、これまでもちょいちょい、若い娘絡みの問題やら事件やらはあった。仕事がつらくて、家が恋しくて、好いた男に誘われて、逃げ出した娘も何人かいた。ボロボロになって帰ってくる娘もいりゃ、後になって消息が知れたときには、やくざ者と所帯を持ってたり、ヘタすりゃ女郎屋に売られてたりした奴もいたって話だ」

塚本は遠い目で、そんな物騒な話をする。兎目は、ゾッとして思わず身震いした。

「じゃあ、塚本さんは、行方不明の四人には、特に関係はないと思っておられるんですか？　それぞれ、『色々あって』いなくなったってこと、でしょうか」

「んなこたぁ、俺にはわからねえよ」

投げやりに返事をした後、塚本はすっかり短くなった煙草を足元の地面に投げ捨て、無事なほうの足でぐりぐりと踏んづけた。それから、兎目の顔を見上げて嘆息する。

「俺にわかるのは、二年で四人ってなあ、いくらなんでも頻繁すぎるってこった」

「僕も、そう思います」

「原因が何かとか、四人の失踪に関係があるかとか、んなこたぁ俺の知ったこっちゃねえ。そういうのを調べんのは、警察の役目だろ」

兎目は、あっと声を上げ、小さく手を打った。

「そう、警察！　警察は当然、調べたんですよね？　警察の見立てはどうだったんですか？」

なぜ、警察のことをもっと早く考えつかなかったのかと、兎目は勢い込んで訊ねた。しかし塚本は、うんざりした顔つきで首を振った。

「警察が、貴族院議員の屋敷の中、しかもたかが使用人の娘たちに起こったことを、根掘り葉掘り大真面目に調べ上げるとでも思ってんのか？　やんごとなきお方らは、家の恥は、家ん中で片づけるもんだぞ」

「それは……うう」

「そりゃ、警察に届けは出したろうが、警察だって、藪《やぶ》をつついて蛇を出しゃ、とばっちりを食らって迷惑するだけだ。形だけの届け出、形だけの捜査に決まってんだろう」

上着の内ポケットから煙草入れを取り出しながら、塚本は呆れた様子で兎目の顔を見上げた。

「起こっちまったこたぁ、どうしようもねえ。いなくなった娘っ子たちが、捜して見つかることは滅多にねえんだ。だからこそ、翠川もサトも、それから年かさの使用人連中も、今いる若い娘っ子たちを厳しく見張ってる。もう三ヶ月、何もないのがその成果ってことだろうよ。だからもう、その手のことに首を突っ込むな。口にも出すな」

塚本の声には、諭すような、叱責するような厳しい響きがあったが、だからといって素直に「はい、わかりました」と頷くわけにはいかず、兎目は控えめに抵抗する。

「でも、いなくなった四人の女の子たちは、仕事仲間じゃないですか。心配じゃないですか？」

「心配してもどうしようもねえって言ってんだ。このわからずやが」

ついに苛立って尖った声を上げ、自分の声が予想外に庭に響いてしまったことに驚いたらしき塚本は、兎目のシャツの胸ぐらを摑んで引き寄せ、押し殺した声音で続けた。

「俺たちみんなが心配してんのは、あそこの屋敷は風紀が乱れてて危ねえなんて噂が立ったら、旦那様や若旦那様の名前に傷がついちまうってことだ」

「う……」

「くだらねえ新聞記事にでもされてみろ、ここに行儀見習い目的で娘をやろうなんて親はいなくなる。俺たちだって……屋敷で働く男連中は、世間に一緒《ひとから》げにされて、色眼鏡で見られるだろうさ。俺たちは、岩間家あっての使用人なんだ。お家の損は俺たちの損、お家の恥は、俺たちの恥だ。口を噤んで、次が起こらねえように互いに目を光らせる。それしかねえんだよ」

叩きつけるように一息にまくし立て、塚本はなおも兎目に説教を続けようとした。だがそのとき、二人の近くの部屋の窓が開き、執事の翠川が顔を出した。塚本は、ハッとした様子で兎目から手を離す。

とはいえ、二人が揉めていたことに気づかないはずはないのだが、翠川は能面のような無表情で、冷ややかに言った。

「兎目、厨房に行きなさい。今すぐだ」

兎目は驚いて、自分を指さす。

「また、何か料理を？」

「今日はそうではない。とにかく早く」

「わ、わかりました！　手を洗ってすぐ行きます」

ほんの一センチほど頷くと、翠川はいかにもつまらないことで時間を使ったと言いたげに、スッと窓を閉めた。

いったいどんな用事かはわからないが、今の塚本から逃げる口実ができたのは、とりあえずありがたい。

「すみません！　ちょっと行ってきます」

まだ仏頂面の塚本に向かってペコリと頭を下げると、兎目は逃げるように屋敷の裏口へと向かう。途中、チラと振り返って様子を窺うと、塚本は渋い顔のまま、新たな煙草に火をつけていた……。

「お待たせしました……あっ！」

ノックをして厨房に飛び込んだ兎目は、この屋敷に来ていちばんの弾んだ声を上げた。

サトと共に厨房に立っていたのは、ずっと会いたかった山蔭だったのである。

おそらく周良に与えられたのだろう、仕立てのいい背広を着てネクタイをきちんと締め、中折れ帽を目深に被った山蔭は、いつものコック服姿とはうって変わって、どこから見ても堂々たる紳士だ。

感服しながら、兎目は山蔭の名を呼んで抱きつきたい気持ちを危ういところでぐっとこらえ、礼儀正しく頭を下げた。

「山蔭さん！　お久しぶりです」

「おう……久しぶり、だな」

山蔭も意味ありげに応じて、帽子を軽く持ち上げて挨拶を返してくる。

サトは、そんな二人をニコニコして見やった。

「なんだい、もとの雇い主との再会だろ。もっと喜びなよ、お兎目さん。それとも、よっぽど怖いお方だったのかい？」

明らかに上機嫌な声だ。自分は若い娘たちに男性との接触を禁じておきながら、男ぶりのいい山蔭を前にして、サトは浮ついた気持ちになっているらしい。

「ち、違います。そんなじゃなくて……ただ、驚いて。あの、じゃあ、やっぱり来週の宴会のお料理は、山蔭さんが？」

山蔭は、特にニコリともせず、どこか他人行儀な口調で答えた。

「ああ。お前が、若旦那様との縁を繋いでくれたそうだな。ありがたい」

「い、いえ、そんな。その……勝手にご紹介してしまって、すみませんでした」

どうやら、山蔭は、距離のある厳しい師匠と見習いという関係を、ここでは通したいらしい。それを察して、兎目も努めて礼儀正しく山蔭に接することにした。

「いや、光栄なことだ。今、こちらの料理番さんから、厨房の設備を見せていただいていたところだ。当日は、お前にも手伝いを頼みたいから、執事さんに呼んでいただいた」

勿論、「しのびパーラー」でのようにはいかないだろうが、この屋敷の中で、自分にとっては誰よりも頼れる山蔭と働けると思うと、兎目の胸は温かいもので満たされる。

「あの、秋月さんは？」

「当日は、給仕をさせるつもりだ」

（二人とも、このお屋敷に来てくれるんだ！）

昨夜は秋月、今日は山蔭に会うことができて、兎目のずっと張り詰めていた心の糸が、ほんの少し緩む。

「昨日は、あたしたちが休んでる間に、若旦那様に美味しいおつまみを作って差し上げたんだってねえ。ヨリから聞いたばっかりだよ」

「あ、いえ」

サトのそんな言葉に、兎目は恐縮して首を横に振る。山蔭は、そんな兎目をジロリと見た。

「何を作ったんだ？」

「あ、えっと。百合根のお団子を揚げたものと、チーズストローズを。葡萄酒のおつまみとのことでしたので」

「む……チーズストローズはなかなかいいな。オーブンで焼いたのか？」

「はい、こちらのオーブンを使わせてもらいました。薪は、ヨリさんが調節してくださって」

「なるほど。ああ、これは、立派だが扱いにくいオーブンだな。肉を焼くのに、少し練習をしたいところだ」

「ああ、このオーブンの火加減なら、あたしがやりますよ」

すかさず、サトが割烹着の胸元を叩いて口を挟む。洋食が不得手なのでやむを得ないのだが、自分の城を、よそから来た料理人に我が物顔で使われるのは、やはり面白くないのだろう。

だが、山蔭がそれに返事をする前に、松葉杖をついた塚本がやってきて、サトを手招きした。おそらく、明日、厨房に納める野菜の相談に違いない。サトが厨房から出ていき、そこには山蔭と兎目、二人だけが残された。遅い昼の休憩に出たのか、他の女性たちは誰もいない。

「いい厨房だ」

山蔭はさりげなくそう言ってから、低い声で兎目に囁いた。

「報告は昨夜《ゆうべ》、秋月から聞いた。よく頑張ったな」

兎目は、胸をドキドキさせつつ、嬉しい気持ちと不安な気持ちが入り交じった視線で、山蔭のいかつい横顔を見上げた。

「ありがとうございます。あの、昨夜のことを、秋月さんはどのくらい……」

「当主である岩間勘太郎の居室の場所、それからカーテン越しに彼の姿を確認したそうだ。ベランダが広く、すぐ傍に大きな木があって助かったと言っていた」

「木登りしてベランダに？　あの秋月さんが？」

「ああ見えて、あれも草だ。そのくらいのことは平気でする」

驚く兎目をむしろ面白そうに見て、山蔭はいつもの彼よりずっと早口で話を続けた。

「寿元に近づくのはいいが、二人きりは極力避けろ。少なくとも、来週の宴会までは、のらりくらりとつかず離れずでいるんだ。いいな？」

「努力します」

「うむ。自分の身は自分で守れと言いたいが、お前には無理だろう。だから、せめて、自分の身を危険から遠ざけておけ。あと、執事に、宴会についての連絡係としてお前をよこしてくれるよう頼んでおく。報告に来やすくなるだろう」

「は……はい！」

二人に次々と再会できただけでなく、「しのびパーラー」にも、たとえ短時間でも戻れると聞いて、兎目は心底嬉しい気持ちで返事をした。

「若様も、お前の働きには大いにお喜びだ。俺たちも、屋敷に侵入するつもりで手はずを整えていたが、お前のおかげで、堂々と入っていけることになって助かった。屋敷の内部構造をより詳しく摑むことができるからな」

「偶然でしたけど、若旦那様に山蔭さんのことを知ってもらえて、よかったです」

「ああ」

山蔭が頷いたそのとき、サトが元気よく戻ってきた。

「ごめんなさいよ、お屋敷の料理番ってのは、なかなかに忙しくてねえ」

「ご多忙中にご案内いただき、恐縮です」

山蔭は、そんなサトに慇懃に頭を下げ、礼を言う。自尊心をくすぐられ、サトはますます笑みを深くした。

「若いのに礼儀正しい料理人さんじゃないか。お兎目さんが行儀がいいのも、こちらさんのお仕込みだね。大したもんだ。ああそうだ、食器もお見せしなきゃいけないんだった。お兎目さん、あたしがオーブンの説明をしてるあいだに、ちょいと食器室に行って、棚を全部開けてきておくれ。当日用の食器は、今のうちにお好きなものを選んでいただくからね」

そう言うと、サトは、たもとから鍵束を出し、兎目に差し出した。金属の輪に、小さな鍵がたくさんと、真鍮《しんちゅう》製の大きな鍵が一つ、取りつけてある。

「食器室？　棚？」

「翠川さんのお部屋の隣にあるよ。上等な食器を全部入れてある小さなお部屋だ。くれぐれも、何一つ触るんじゃないよ。戸棚を開けるだけだ。部屋で見張りをしておいで。すぐに行くからね」

「わかりました！」

兎目は首を傾げながら鍵束を受け取ると、厨房を出て、廊下を玄関ホールに向かって歩いた。

なるほど、執事の執務室の手前に、「食器室」という小さなプレートが打ちつけられた木製の扉がある。

淡い水色に塗られたその扉を大きな真鍮の鍵で開け、兎目は中に入った。

「うわあ……」

初めて見る食器室は、まさに食器のためだけの部屋だった。大きな食器棚が部屋の両側にズラリと並び、中央には、その食器を出して並べるためのテーブルが連なっている。

「凄いな。『しのびパーラー』の食器棚も大きいと思ったけど、桁違いだ」

兎目はドキドキしながら、部屋の奥まで行ってみた。飛び跳ねでもしない限り、きちんと収納された食器に影響を与えるわけがないと頭ではわかっていても、つい抜き足差し足になってしまう。

大量の小さな鍵の意味は、食器棚の前に立つとすぐにわかった。

棚のすべての扉と引き出しに、小さな鍵穴がある。高価な食器をしまっておくので、厳重に施錠してあるのだ。鍵穴の脇には小さな紙が貼られ、数字が書き込まれている。

鍵の一つ一つにも同様に紙が貼ってあり、合致する鍵穴と同じ番号が書かれているようだ。

「こうしておかないと、わからなくなっちゃうよね」

兎目は手始めに、目の前の扉の鍵を探し、解錠してみた。観音開きの扉を開けると、分厚い棚板が何枚も渡され、その上に、五枚ずつびっしりと皿が並べてあった。

まさに、圧巻である。

「触っちゃいけないって言われたけど、ちょっとだけ……一枚だけ」

まだサトと山蔭が来る気配がないのをいいことに、兎目は好奇心のまま、目につく中でいちばん小さな皿をそっと両手で取り出してみた。

「綺麗だなあ。なんて素敵なお皿なんだろう」

それは洋食のテーブルにおいて、パンを載せるための皿だった。

勿論、「しのびパーラー」でも日常的に使っているものだが、店では白い皿に金の縁取りが細く入ったシンプルなものを揃えているのに対して、今、兎目の手の中にあるのは、明らかに手描きで、美しい西洋の野の花があしらわれていた。皿の縁には分厚い金の縁取りがあり、花のめしべやおしべも金で描かれている。

「これって……やっぱり！」

つい、その下の皿も取り出してみて、兎目は目を輝かせた。

二枚目の皿には、まったく違う花が描かれている。

おそらく、重ねられた五枚の皿それぞれに、異なる花が美しく咲き誇っているのだろう。

裏を返すと、ドイツの有名な陶磁器会社のマークがあった。

具体的な値段までは知らないが、おそらく目が飛び出るほど高価なはずだ。

「危ない危ない。こんなの割っちゃったら、クビじゃ済まないよ」

兎目はドキドキしながら、皿を一枚ずつ、もとのとおりに戻した。

最初に取り出した皿を置き、そろりと手を離したそのとき、何かが足元をシャッと走り抜け、驚いた兎目は、危うく転びそうになった。

どうにかテーブルに手をついて、しゃがみ込んだ姿勢でこらえたものの、あと一秒早ければ、皿ごと尻餅《しりもち》をつき、最悪の場合、皿を割ってしまっていたことだろう。

「な……なんだよ。あっ」

早鐘のように打つ心臓を片手で宥め、もう一方の手でテーブルの縁を摑んで身体を支えつつ、兎目は床の上に視線を走らせ、驚きの声を上げた。

さっき足元を駆け抜けたのは、灰色の小さなネズミだったのである。

たとえ立派なお屋敷であろうと、ネズミを撲滅することは難しい。特にこの屋敷には猫がいないので、彼らを捕る者は人間だけだ。

（ネズミは賢いから、捕獲器にはなかなかかからないんだよね）

自分を警戒する気配もなく、離れたところで呑気に顔を洗っているネズミに、兎目は思わず笑いかけ、「いや、駄目だ」と顔を引きしめた。

山蔭はともかく、サトがここでネズミを目の当たりにしたら、きっと悲鳴を上げるだろう。そのときに、食器棚に体当たりでもしようものなら大騒ぎだ。

「ちょっと、どこかへ行っておくれよ。お前を捕まえるのは僕には無理だから、せめて他の部屋へ……あっ、駄目だったら！」

兎目の気持ちなど知る由もないネズミは、木の床の上を走って逃げ回り、あろうことか、食器棚の裏側へ入っていってしまう。

「駄目だよ、早く出てきて。サトさんが来ちゃうじゃないか。ああもう」

兎目は、どうにかネズミを部屋から追い出そうと、床に膝をつき、食器棚の裏側を覗き込んだ。

「薄暗くて、ネズミがどこにいるかわかんないな。何かつつくもの……あ、あった」

部屋の中を見回すと、よく掛け軸をかけるのに用いる細い棒が壁に立てかけてある。そんなものでネズミを追うのは申し訳ないが、それもこれも、すべてここにある食器たちのためだ。

心の中で謝って、兎目は棒を取り、食器棚の裏側に差し入れてみた。暗くてよく見えないが、ネズミを追い出そうと、とにかく棒の先端を床に這《は》わせて、奥へ奥へと進めてみる。

すると、何かが棒に当たった。

「ん？　ネズミ……じゃ、ないな。なんだろう」

気になって、何度か失敗したものの、どうにか引き寄せてみると、それは、埃を被ってはいるが、布包みだった。

包みといっても、長さは二十センチもない、細いものだ。

「何が入ってるんだろう。これは食器……じゃないよね。スプーンか何かかな。どうやったら、あんなところに入り込むのかわからないけど、どこかから落としたんだろうか」

不思議に思いつつ、兎目はひとまずネズミのことは忘れ、床に座り込んだまま、布包みを慎重に開きにかかった。

埃を払ってみると、布は真っ白なハンカチだった。レース飾りなどはないシンプルなものだが、隅に紺色の糸で、見事なボタンかシャクヤクの花の刺繡《ししゅう》が施されている。

包みかたはきちんとしておらず、まるで急いでグルグル巻きにしたという雰囲気だ。

てっきり、カトラリーの類が出てくるものと兎目は思っていたが、ほどなく姿を現したものは、彼の想像とまったく違っていた。

それは、一本のかんざしだったのである。

それも、さほど高価なものとは思われない。真鍮の棒の先に、いわゆるとんぼ玉と呼ばれる大きなガラス玉を取りつけただけの、さっぱりした品だ。

ガラス玉は赤と黄色が入り交じっていて、まるで駄菓子屋に売っているりんご飴《あめ》のようだった。

「かんざし……が、どうして食器室の棚の裏に落ちてたんだろう。しかも、わざわざハンカチに包んで。いったい、誰のものだろう」

首を傾げながら、とんぼ玉から真鍮の棒に視線を滑らせた兎目は、次の瞬間、息を吞んだ。

真鍮の細い棒の先端には、乾いてどす黒くなった血液がこびりつき、そこに長い黒髪が一本、搦《から》め捕《と》られていたのである。

「これは、いったい」

呆然とする兎目の耳に、廊下をこちらへ向かってくる二つの靴音が聞こえる。

（まずい）

兎目は咄嗟に、かんざしをハンカチでグルグルと包み直し、上着の内ポケットに差し入れた。立ち上がると同時に、サトと山蔭が入ってくる。

「なんだい、お兎目さん。まだ棚を開けてなかったのかい?」

「す、すみません。ちょっとお便所に行きたかったもので」

そんな陳腐な言い訳をして謝りつつ、兎目は、空恐ろしい気持ちで、服の上からそっと血染めのかんざしに触れたのだった……。

二見サラ文庫

本作品に関するご意見、ご感想などは
〒101－8405
東京都千代田区神田三崎町2－18－11
二見書房 サラ文庫編集部　まで

本作品は書き下ろしです。

暁《あかつき》町《ちょう》三《さん》丁《ちょう》目《め》、しのびパーラーで見《み》習《なら》い草《くさ》とお屋敷《やしき》の秘密《ひみつ》

著者　椹《ふし》野《の》道《みち》流《る》

発行所　株式会社 二見書房
東京都千代田区神田三崎町2－18－11
電話 03(3515)2311［営業］
03(3515)2314［編集］
振替 00170－4－2639

印刷　株式会社 堀内印刷所
製本　株式会社 村上製本所

落丁・乱丁本はお取り替えいたします。
定価は、カバーに表示してあります。

ISBN978－4－576－19144－7
https://www.futami.co.jp/

二見サラ文庫

皇妃エリザベートの しくじり人生やりなおし

江本マシメサ

イラスト＝宵 マチ

自身の幼女時代に転生し、二度目の人生を歩むことになったエリザベートと皇太子フランツ・ヨーゼフの出会いを描く歴史ファンタジー！